水晶庭園の少年たち

翡翠の海

蒼月海里

集英社文庫

目次

主な登場人物

樹　十四歳。感受性の強い少年。祖父と愛犬を相次いで亡くしたショックで、一時学校に行けなくなった

達喜　樹の祖父。鉱物収集家だった

メノウ　愛犬。達喜を追うように亡くなった

雫　達喜がコレクションしていた日本式双晶の「石精」凛とした少年の姿として樹の前に現れる

律　達喜の鉱物仲間。樹に鉱物の基礎知識を伝授

学　樹のクラスメート

水晶庭園の少年たち

翡翠の海

Boys in
Crystal Garden
Sea of Jade

蒼月海里

第一話

蛍石の愁い

Episode 1
Melancholy of Fluorite

祖父が遺《のこ》した土蔵には、煌《きら》めく石達が所狭しと詰まっていて、まるで宝石箱のようだった。中には、本当に宝石の原石になる鉱物もあるようなので、あながち、間違いでもなさそうだ。

そんな美しい石達の中に、ひときわ輝く不思議な石があった。

日本式双晶《そうしょう》と呼ばれる水晶だ。水晶というと、六角柱でオベリスクの尖塔《せんとう》のような姿をしているのが一般的だけど、日本式双晶は、ハート形になった双子の水晶だった。

抱えるほど大きな日本式双晶は、向こう側の風景が透けて見えるくらい美しかったけれど、祖父の後悔の証《あかし》でもあった。

「樹《いつき》、ラベルが落ちたよ」

輝くような銀の髪をした綺麗《きれい》な男の子——雫《しずく》が、細い人差し指を床に向ける。

「あっ、いけない……！」

「その石が何の鉱物で、何処《どこ》で採《と》れたのかを示すラベルが無いと、迷子になってしまうから」

　雫の実感がこもった言葉を聞きながら、僕はラベルを拾った。

　ラベルには、鉱物の情報が書いてある。どっしりとした祖父の文字で、鉱物名と、鉱物を採取した場所と、採取した日付が記されていた。

　この情報が無いと、鉱物は標本としての価値が無くなってしまう。人間で言うと、家があるはずなのに住所が分からず、誰の家族なのかも分からない状態だ。

「迷子にするわけにはいかないね」

「その通りだね。標本の整理をしている時に、ラベルが何処かに紛れることもあるようでね。達喜《たつき》は整理を終えた後、必ず何度か確認していたよ」

　僕と同じくらいの年齢に見える雫は、昔を懐かしむような表情で、祖父との思い出を語った。

　彼の背後には、抱えるほどの大きさの日本式双晶が佇《たたず》んでいた。僕の目の前にいる、この不思議な友人は、この日本式双晶に宿る精霊――石精《いしせい》だという。

　困ったことに、彼の本体である日本式双晶にはラベルが無かった。祖父が産地を記録しそびれてしまい、そのまま産地不明となってしまった。

　つまり、雫は自分の故郷が分からないのだ。

　鉱物の種類は見た目や成分分析で分かるらしく、彼が石英《せきえい》一族の水晶で、日本式双晶と呼ばれる種類だということは確実だ。でも、日本の何処かで生まれたということ以外、故郷のことは分からなかった。

彼が採集されたであろう場所は、幾つか候補があるらしいけれど、産地が不確実なことは、その鉱物の標本としての価値を損なうものだった。

「何度か確認、かぁ。忘れないようにしないと」

「確認作業は、僕がやろう。ふたりでやった方が、確実だろうしね」

「有り難う、雫」

「そうそう。ヒューマンエラーはダブルチェックで防止、ってね」

少し離れたところで、僕が手を付けているのとは別の箱を整理していた若い男の人――律《りつ》さんが言った。

「あれ？　でも、雫君は鉱物だからミネラルエラー？　それとも、精霊だからスピリットエラー？」

律さんは、妙に深刻そうな顔で首を傾《かし》げる。

「どちらでも構わないよ。人間に似た形態だし、ヒューマンエラーでも良《い》いかもしれない」

雫は、透き通った声でにこやかに返す。

「むむむ。石なのか霊なのか人なのか。樹君は、どちらだと思う？」

「う、うーん。僕としては、同じな方が嬉《うれ》しいから、人ですかね……」

「多様性があっても面白いと、僕は思うけどね。僕を構成する二酸化珪素《けいそ》は、水晶にもなるし、瑪瑙《めのう》や玉髄《ぎょくずい》、オパールにもなるし」

雫は、さらりと複数の選択肢を許容してしまった。すると、律さんは膝を打つ。

「そっか。エラーも多種多様なのがいいね！」

「エラーをしないのが一番なのでは……」

僕は困惑しつつも、机の上に置いた透明な鉱物に、拾ったラベルを添えた。

しっかりとした紙の箱に入れられたその石は、水晶のように透明だったけれど、上から見ると菱形《ひしがた》のような形をしていて、先端はヘラのようにのっぺりしている。手のひらにすっぽりと収まる大きさで、ぽってりとして安心感がある。

「あっ、これってトパーズだったんだ」

透明な鉱物のラベルには、トパーズと書かれていた。

しかし、僕が知っているトパーズは、美味《おい》しそうな飴色《あめいろ》だった気がする。

「田上山《たなかみやま》のトパーズじゃないか。すごいなぁ！」

後ろから顔を覗《のぞ》かせた律さんが、大いに目を輝かせた。

「田上山……？　あ、本当だ。滋賀県で採れたんだ……」

僕はラベルに書かれていた産地を見て、目を瞬《しばたた》かせる。記されていた日付はかなり昔のもので、どうやら、祖父が採集したらしかった。

「田上山は、水晶やトパーズの産地だね。昭和四十九年に発見されたペグマタイトの晶洞から、とても大きなトパーズが見つかったそうだよ」

他にも、煙水晶《スモーキークオーツ》やジルコン、雲母《うんも》や長石《ちょうせき》が沢山見つかったのだと、雫は教えてくれた。

「そんな晶洞に入ったら、宝石箱の中に迷い込んだみたいに感じるだろうなぁ」

僕は、目の前のトパーズを眺めながら、ペグマタイトの鉱物達に思いを馳《は》せた。

「昔は、世界的に有名な産地だったんだっけ。今も、国産鉱物コレクターの聖地みたいにはなってるけど」

律さんは、記憶の糸を手繰り寄せながらそう言った。

「律さんは、田上山に行ったことがあるんですか？」

「まあ、結構前に一回だけなら」

大変な思いをしたのか、苦笑混じりに律さんは答える。

「でも、こんな立派なトパーズは採れなかったね。小さなトパーズならば、何とか採れたけど。やっぱり有名な産地だし、めぼしいところは掘り尽くされちゃってるのさ」

律さんは、肩を竦《すく》めた。

「それでも、いいのを見つける人は見つけちゃうんだよなぁ。石精の声でも聞こえているのかな」

「それはあながち、間違いではないかもしれないね」

腕を組んで考え込む律さんに、雫が答える。

「見つかる前から、縁が結ばれている場合もある。そういう時は、石精がその相手を呼ぶのさ」

「じゃあ、僕も耳を澄ませていれば聞こえるかも！」

律さんは目を輝かせる。

「そうかもしれないけど、鉱物の産地は沢山あるからね。縁が結ばれている石精が、日本にいるとは限らないんだよ」

「そっか……。そうだよね……。ブラジルから呼ばれてたとしても、地球の裏側じゃあ声が聞こえないだろうし……」

「ブラジルと言えば立派な宝石鉱物の産地だから、その分、鉱物も多いし、縁がある石精に会える可能性も高いけれどね」

雫は、項垂《うなだ》れる律さんの背中を、なぐさめるように撫《な》でる。

「君の人生はこの先も長いわけだし、じっくりと探せばいいさ。ブラジルに行く機会だってあるかもしれないし。常に、僕達の囁《ささや》きに耳を傾けていれば、きっと聞こえるはずだよ」

「そうだね。有り難う、雫君！」

　律さんはがばっと顔を上げ、雫の白い手をしっかりと握った。雫は、母親のように慈愛に満ちた眼差《まなざ》しで、穏やかに微笑《ほほえ》んだ。

「日本国内だと、他にはどんな産地があるのかな」

　トパーズのラベルを眺めながら、僕は問う。

　それに答えてくれたのは、律さんだった。

「福島県や岐阜県に、田上山に並ぶペグマタイト産地があるね。スカルンで有名なのは秩父《ちちぶ》鉱山とかさ。青森県の恐山《おそれざん》では面白い形の石黄《せきおう》が採れるし、それなりに多いんだよ。ただ、掘り尽くされちゃってたり、採掘出来なかったりするところがほとんどかな」

「そうなんですね……」

「マナーが良い人もいるんだけど、そうじゃない人は本当に酷《ひど》くてね。一攫千金《いっかくせんきん》を狙ってか、悪質な業者か、産地を荒らす連中がいるんだ。中には、重機を入れて地形が変わるほど掘る人とかね」

「酷い……」

「ホント、酷いもんさ」

　律さんは頭《かぶり》を振った。それを聞いていた雫もまた、悲しげに表情を歪《ゆが》める。

「あまりにもマナーが悪過ぎて、採集禁止になった産地もあるんだ。それでも採りに行こうとする連中もいるから、地元住民が警戒しているところもあってね」

「じゃあ、今は何処の産地も鉱物採集に行けないんですか？」

「いいや。出来る産地もあるさ。ただ、ツテが必要なところも多くてね。田上山だって、知り合いに連れて行って貰《もら》ったくらいだし」

申し訳ない、と律さんはまた項垂れる。だがそれも、一瞬のことだった。

「でも、歴史的に有名な産地で採れた鉱物は、博物館でも展示されているからね！　会いに行くことは出来るよ！」

「そうなんですね！」

僕は、律さんの勢いにつられるように表情を輝かせる。

「この近くだったら、上野《うえの》の国立科学博物館がいいかな。日本館の三階に、大きな日本式双晶もあるし」

「へぇ」と興味深そうに、雫が声をあげる。

「同族か。興味があるね。僕と、どちらが大きいのかな？」

「うーん。向こうの方が大きかったかも。何せ、こんなんだしね、こんなん」

律さんは、雫の一回りも二回りも大きいと言わんばかりに、両手をぐるぐる回してみせる。

「産地は？」

「山梨県甲府市って書いてあったね」

「それでは、乙女《おとめ》鉱山の子かな。それならば、立派なのも頷《うなず》けるね。会いに行ってみたいものだけど」

「雫は、土蔵から出られるの？」

僕は、雫に尋ねる。

「出られるよ。僕の本体を外に出してくれるのならば」

「やっぱり、本体からは離れられないんだね……」

「それは分からないな。試したことがなくてね。仮に、君達に魂と呼ばれるものがあるとしたら、自分の肉体を置いて魂だけで出かけたいと思うかい？」

雫の問いに、僕と律さんは「うーん」と考え込む。

「確かに、心許《こころもと》ないかもしれないね。身体《からだ》がどうなるか心配だし」と僕は頷いた。

「僕は、幽体離脱に成功したら、日本全国どころか、海外のミネラルショーに飛んでっちゃうなぁ」

律さんは、少しばかり夢見心地に答える。

「えっ、身体よりもミネラルショー……!?」

「律君が石精だったら、挑戦的な石精になれるかもしれないね」

雫は、うんうんと頷いて続けた。

「僕達はじっくりと成長したり、ゆっくりと変化したりするから、急激な変化が苦手でね。折角、こうして君達のような姿を持てるのだから、色々と試してみればいいのだろうけど」

「そっか。鉱物は途方もない時間をかけて結晶になるんだっけ」

僕は、雫が本体から離れるのを躊躇《ちゅうちょ》している理由に納得する。

「それじゃあ仕方ないね」と律さんも合点がいったようだった。

「すぐにじゃなくても、あと百年後くらいに挑戦するとか」

律さんは、鉱物には短く僕達には長いスケールで提案する。

「そうなると、最早《もはや》、僕と律さんはいないような……」

人生百年時代と言われているけれど、僕はもう、生まれてから十年ちょっと経《た》っている。百年後に元気でいる自信は全くない。

「そこまで待たせないさ。この前、土蔵の外に運び出された時、外の空気が新鮮でね。正直言って、外をもっと歩きたいとも思ったのさ。だから、少しずつ、本体から離れることに慣れてみようと思うよ」

「よかった」と律さんが胸を撫で下ろす。

「雫君の本体を持って上野まで行って欲しいなんて言われたら、どうしようかと思ったよ」

「流石《さすが》に、そんなことは言わないよ。自分が重いという自覚はあるからね」

雫を運ぶとしたら、車で運ばなくてはいけないだろう。仮に力持ちの人が持ったとしても、世田谷《せたがや》から上野まで運ぶのは困難だ。

でも、車で運んで大丈夫だろうか。車だって振動はするだろうし、その所為《せい》で割れることもあるかもしれない。そうならないためには、梱包《こんぽう》をきっちりとしなくてはいけないのだろうけれど、いかんせん大きいので、どう包んだらいいか分からない。

もし、雫を運ぶのだとしたら、プロを呼んだ方が良いかもしれない。それこそ、雫を一度は買い取った、骨董屋《こっとうや》さんのような……。

「うーん……」

「樹君、どうしたの?」

唸《うな》る僕を、律さんは心配そうに見つめる。

「雫を迎えに行った、あの骨董屋さんを思い出していたんです」

「あ、ああ……」

律さんもまた、骨董屋さんを思い出して遠い目になる。

あの時は、父の手違いで、雫が宿る日本式双晶が、骨董屋さんに買い取られてしまった。骨董屋さんに迎えに行って買い戻すことで、何とか雫と再会出来たものの、買取価格に人件費やら何やらを上乗せされていたので、その分は律さんが払ってくれたのだった。

「あの人、僕はちょっとおっかなかったなぁ」

「僕もです……」

ぶっきらぼうな態度と、睨《にら》むような目つきが忘れられない。

町内にあるので、あれから何度か店の前を通るものの、店は開いているのか閉まっているのか分からないような佇まいで、挨拶どころか、店内の様子を見ることもままならなかった。

「ああ。彼は、僕の扱いに慣れているようだったからね」

雫だけが唯一、声を少しばかり明るくする。

「彼ならば、上野どころか、乙女鉱山まで行けるくらいの梱包をしてくれそうだね」

「それには、がっつりと人件費がかかりそうだけどね……」

律さんから、乾いた笑みがこぼれた。

雫はあの人に悪い印象を抱いていないようだし、悪い人ではないのだろうけれど、とても気難しそうなのは間違いなかった。

また会いたいような、そうでないような。

そんなことを思いつつ、僕はのろのろと遺品の整理を再開した。

「どうしたんだよ、樹。ぼーっとしちゃってさ」

僕が土蔵での出来事を思い出していると、クラスメートの学《まなぶ》が話しかけて来た。

「ああ、うん。ちょっと、お祖父《じい》ちゃんの遺品整理について考えてただけ……」

「あー。お前のところ、祖父さんのコレクションが凄《すご》いって言ってたもんな」

学は、合点がいったように手を叩《たた》いた。

昼休みなので、教室の中は騒がしい。窓辺では、数人の女子がイケメンアイドルの話をしていたり、廊下からはふざけ合う男子の声が聞こえたりした。

校庭の一角では、花をつけた梅の枝がそよいでいる。

ミネラルショーの後はあっという間に師走《しわす》が過ぎ去り、新年になって、もうそろそろ進級という季節になっていた。

「鉱物がいっぱいあるんだろ？　俺、気になるんだよね」

ミネラルショーに行って以来、学は鉱物に興味を抱いているようだった。理科の授業で鉱物の話題が出た時は、食い入るように教科書を眺めていた。

「砂漠の薔薇《ばら》はあるの？」と学は尋ねる。

「あるある。メキシコとか、モロッコとか、ペルーのなら」

学は、アメリカ合衆国のオクラホマ州で採れた、重晶石《じゅうしょうせき》から成る砂漠の薔薇を持っている。学の様子を見る限りでは、石精が宿るその石を、大事にしているのだろう。

「ペルー産の砂漠の薔薇は、何故《なぜ》か灰色なんだよね」

僕が記憶の糸を手繰り寄せながらそう言うと、学は「へぇー」と目を丸くした。

「うちの砂漠の薔薇は、茶色だけどな。いかにも、地中から湧き出て咲きましたって感じの」

「ペルー産の砂漠の薔薇は、産地の砂が灰色なのかもしれないね」

「あー、確かに。俺が迎えた石も、オクラホマの土の色だもんなぁ」

砂漠の薔薇は、鉱物が砂を取り込みながら成長したものだ。その土地と同じ色合いになるのは不思議ではない。

「そう言えば、砂漠の薔薇って、基本的に砂漠で出来るんだろうけどさ。日本じゃ出来ないのかな？」

「日本に砂漠なんてあったっけ……？」

僕は首を傾げるものの、甘いと言わんばかりに学は指を振った。

「あるだろ？　鳥取に」

「鳥取砂丘……？」

「あと、月の沙漠《さばく》とか」

「御宿《おんじゆく》……だっけ。千葉県の」

月の沙漠は、砂漠というよりは海岸だったけれど、鳥取砂丘は、見た目だけならば砂漠と言えそうだ。

「うーん。規模が違うんじゃないかな。あとは、環境が違うとか」

「へぇ？」

「日本は、水が凄く豊富なんだってさ。それこそ、海外諸国とは水回りの事情が違うほどにね。だから、砂漠の薔薇の元となる、重晶石や石膏《せっこう》の成分が地表に染み出して結晶化する前に、流されちゃうんだと思う」

多分、と付け足しながら、学の反応を見る。

すると、学は目を一層キラキラさせていた。

「なるほどなー！　それじゃあ、日本だと大きな鉱物も出来ないのかな」

「そんなこともないいんじゃないかな。昔は、大きな水晶とか、トパーズも出たみたいだし」

土蔵での会話を思い出しつつ、僕は一先《ひとま》ず、雫の本体である日本式双晶の大きさをジェスチャーで示す。

「へぇー！　トパーズってあれだろ。指輪なんかにはまってる、黄色っぽいキラキラした石」

「うん。ブラジル産の、インペリアルトパーズって呼ばれているトパーズなんかが、よく見るトパーズらしいんだけど。そういう色ばかりじゃないんだって」

ブラジルのミナスジェライス州では、宝石鉱物が多く産出するらしい。僕達が目にしている石の中では、かなりの割合を占めているのだと律さんは言っていた。

「ブラジルってすごいな。サッカーとコーヒーのイメージが強かったけど」

「まあ、ブラジルは広いからね」

「だけど、黄色っぽい色以外のトパーズって見たことないな。まあ、トパーズ自体そんなに見たことないけど」

「お祖父ちゃんが採集したトパーズも透明だったかな」

「えっ、お前の祖父ちゃん、トパーズを採ったの⁉」

学が、大袈裟《おおげさ》にのけぞってみせた。あまりにも大きな声だったので、窓辺にいた女子達がこちらを見やる。

「トパーズって宝石だろ？　だからお前のうち、大きいわけ⁉」

学は、驚きつつも納得してしまう。

「うちとトパーズはあんまり関係ないかも……。宝石に加工出来る石って、ある程度大きくて、傷や濁りや内包物がないやつだし」

祖父のトパーズは、結晶の形は綺麗だったけれど、内包物が多く入っていた。そしてよく見ると、中に小さな罅《ひび》だってあった。

「へー、そういうもんかな。それにしても、トパーズって採れるもんなんだなぁ」

学はしみじみとそう言った。

「まあ、その辺に落ちているようなものじゃないけどね。自分で探すよりも、買いに行った方が安いし、良いのが手に入るって言われた」

「誰に」

「石に詳しい人達に」

すなわち、律さんと雫に。僕の知識は、彼らの受け売りなんだということを、学に伝える。

「無色の他にも、青とかピンクもあるって聞いた。その辺はかなり貴重みたい。中には、放射線処理だか加熱処理だかで、色を変えたやつもあるみたいだけど……」

この分野はそこまで詳しくないと断りを入れるものの、学は食い入るように僕を見つめていた。その背後では、いつの間にか世間話をしていた女子達が集まっている。

「草薙《くさなぎ》君って、宝石に詳しいの？」

リーダー格の女子――山下春奈《やましたはるな》が、興味津々といった風に尋ねる。

山下さんは、ややウェーブのかかった髪形で、大人っぽい顔立ちをしている。彼女は、世間話が大好きで、新しい話題を持って来ては、女子達の輪の中心になっている。イケメンアイドルの話やゴシップから、ニュースの話までとバリエーションが豊富で、僕は偶《たま》に、彼女の話に耳を傾けている。

「宝石に詳しいわけでは……。鉱物は、ちょっとだけならば分かるかも。詳しい人が近くにいるから」

「ああ、鉱石が好きなんだ！　私達もそうなの！」

女子達はパッと表情を輝かせる。

「鉱石っていうと、黒鉱《くろこう》とかのこと？」

黒鉱とは、主に日本海側で採れるという、黒い石のことだ。これも、祖父のコレクションの中に入っていた。

閃亜鉛鉱《せんあえんこう》、方鉛鉱《ほうえんこう》、黄銅鉱《おうどうこう》などの金属鉱物から成り、それぞれを構成する金属を抽出して、工業に役立てているのだという。

光を当てると金属光沢を放つ部分はあるけれど、女子が喜んで集めるには、渋すぎる代物《しろもの》だった。

だけど、山下さんは首を横に振る。

「ううん。蛍石《ほたるいし》とか、水晶とか」

山下さんは、僕に携帯端末の画面を見せてくれた。そこには、八面体に加工された可愛《かわい》らしい蛍石の画像があった。

「えっと、これは鉱物だと思うよ。鉱石って、工業利用するための鉱物のことを指すらしいし……」

いつだか、律さんが言っていたことを思い出す。

鉱物は、身近なところで役に立っている。蛍石なんかは、フッ化カルシウムの結晶なので、フッ素の原料鉱物として重宝されているらしい。フッ素が含まれている歯磨き剤にも、使われているとのことだった。

歯磨き剤や他の材料にするための鉱物を鉱石と呼び、カットしてアクセサリーなどにする鉱物を宝石と呼ぶらしい。と言っても、蛍石はとても綺麗だけど、もの凄く割れやすいので、宝石には向かないらしいけれど。

それらの用途に使わず、原石のまま愛《め》でるとなると、鉱物と言った方が正確なのではないだろうか。

「でも、本に鉱石って書いてあったんだけど」

山下さんは不満そうだ。

「鉱山が沢山稼働していた頃は、鉱石も身近な存在だったらしいしね。それこそ、鉱山で働いていた人達が、見目が良い鉱物をこっそりと持って帰ってコレクションにしてたっていう話も聞くし……」

鉱山で採掘しているのは工業利用するための鉱石だったので、そこで採れたものは皆、鉱石として括《くく》っていたのかもしれない。

また、文学の世界でも、鉱物のことを鉱石と呼ぶこともあったので、その名残かもしれない。

僕は、律さんから聞いた話を、何とか思い出しながら山下さんに伝える。

「じゃあ、鉱石でも良いんじゃない？」

「じゃあ、の意味があんまり分からないけど……。でも、ミネラルショーのミネラルって、和訳すると鉱物だし、鉱石を英訳すると違う単語になるから、鉱物って言った方が良いんじゃないかな……」

「ふーん。まあいいわ。石よね、石」

山下さんは大雑把に括ってみせた。

「草薙君の家、こういうのがいっぱいあるんでしょ。いいなぁー」

山下さんを始めとする女子達は、揃《そろ》って羨望の眼差しで見つめる。

「だ、駄目駄目」

女子達と僕の間に入ったのは、学だった。

「そんな物欲しそうな顔をしても駄目だって！　樹の家の鉱物は、亡くなった祖父ちゃんのなんだから」

「あ、成程。お祖父さんの思い出の石かぁ」

「どんなのを集めてたの？」

山下さんが率いる女子達は空気を読んでくれたのか、詰め寄るのをやめて、距離を保ちながら尋ねる。僕は胸を撫で下ろし、学に「ありがとう」という気持ちを込めた視線を送る。学は、「任せとけ」と言わんばかりに親指を立てた。

「水晶とか、蛍石とか、トパーズとか……」

「うわー。いいね、目の保養になりそう。草薙君が石に詳しいのも、そのお陰なのね！」

「いや、これはお祖父ちゃんの石仲間の受け売りっていうか……」

「謙遜しちゃって！」と、今度は学が僕を肘で小突く。

でも、事実だ。雫と律さんが丁寧に教えてくれるからこそ、少しずつ鉱物のことが分かるようになった。お陰で、先日買った鉱物の本の解説も、スラスラと頭に入って来る。

「私達も、石を集めてるの。だから、色々と教えて欲しいな」

「そうそう。まだ初心者で、分からないことが沢山あるし」

山下さんが率いる女子達に期待の眼差しで見つめられ、くすぐったいようなむず痒《がゆ》いような気持ちになる。

「鉱物って流行《はや》ってるんだな。みんな、どんなのを持ってるの？」

学は女子に尋ねた。

「お小遣いで買ってるから、まだそんなに集まってないけど……」

山下さんはそう言いながら、携帯端末の中の写真を見せてくれる。

先ほど見せてくれた八面体に成形された蛍石の他にも、澄んだ青空のような色の蛍石や、花のような桃色と、瑞々《みずみず》しい葉のような緑に彩られたトルマリンなどが写っていた。皆、眩《まばゆ》い灯《あか》りに照らされて、色鮮やかな影を落としている。素直に、とても綺麗だと感じた。

「へぇ……。すごく綺麗だね」

「でも、小さいのよ」

「こんなに綺麗だったら、大きさなんて関係ないよ」

僕がそう言うと、山下さんははにかむように笑った。学も携帯端末を覗き込み、「すげー」と感嘆の声を漏らしている。

「これ、高かったんじゃないか？」

「ううん。まあ、まともに買ったら手が届かないんだけど……」

山下さんが率いる女子達は、共有している秘密を伝えるべきか悩むように顔を見合わせる。ややあって、山下さんが教えてくれた。

「フリマアプリを使ったの。そうすると、他のコレクターが放出した石を安く買えるし」

「放出？」

今度は、僕が尋ねる番だった。

「うん。石を手放すことを、コレクションの放出って言ってるわけ。私の石は、全部放出品ね」

「へー。それじゃあ、樹もフリマアプリを使えば？」

学は、これだと言わんばかりに目を輝かせる。

「フリマアプリで鉱物を買うの……？」

「違う、違う。遺品整理をしてるって言ってただろ？　フリマアプリで引き取り先を探すんだよ。骨董屋さんに頼むよりも楽そうだろ？」

確かに、放出したいコレクションの写真を撮り、アップロードして登録するだけで引き取り手を探せるのならば楽かもしれない。少し怖い骨董屋さんに依頼するよりも、土蔵に居ながらにして、雫や律さんの話を聞きながら引き取り手を探した方が、精神的にも良さそうだ。

「でも……」

すぐにフリマアプリを使おうという気にはなれなかった。

悩んでいる僕に、山下さんはフリマアプリにアップされた鉱物の数々を見せてくれた。どれも色鮮やかで透明感があり、綺麗なものだった。

だけど、長い年月をかけて結晶となり、遠路はるばる旅して来たであろうこの鉱物達が、古着や化粧品サンプルと一緒に売られているのが、何となく物悲しく見えてしまった。

「因《ちな》みに、この子達にラベルは付いてるの？」

心の声を押し殺しながら、素朴な疑問を投げてみる。

すると、山下さんは聞き返すことなく、深く頷いた。

「あるよ。産地が書いてあるやつでしょ？」

「あっ、ちゃんと付いてるんだ。良かった」

一先ずは胸を撫で下ろす。

山下さんは、ラベルの画像も見せてくれた。ラベルの縁にはアールデコ風の装飾が描かれていて、可愛らしい文字で鉱物名と産地が書かれている。そして、その右下には、何故かサインも書かれていた。

「あれ？　これは何？」

「前の持ち主のサインよ。これね、カリスマコレクターのミントさんの石なの！」

「ミントさんって？」

「この人よ、この人。フォロワーが数万人もいるＳＮＳアカウントを持つコレクターなの！　いつも綺麗な石をアップしてくれるし、しかも、それを破格の値段で放出してくれるのよ！」

山下さん率いる女子達は盛り上がりながら、ミントさんが投稿したＳＮＳの写真を見せてくれる。

先ほどの彼女らの写真のように、鉱物に眩い光を当てることによって、鉱物自身の透明感と、鮮やかな色の影を演出していた。

深い緑の、双晶になった蛍石の画像もある。エメラルドのような美しさの蛍石に、見覚えがあった。確か、ロジャリー鉱山から産出したものだっけ。

「見てよ、この『いいね』の数！　私もこんなに『いいね』される石が欲しいなぁ」

「そっか……。手に入ると、良いね……」

山下さんの言葉を聞き、僕は何とか笑顔を作る。その横では、学が首を傾げながら彼女達を見ていた。

果たして、彼女達が本当に欲しいものは何なんだろう。

僕も内心では、学と同じように首を傾げていたのであった。

学校から帰ると、決まって土蔵へと足を運ぶようになっていた。

僕と律さんで頻繁に出入りしているためか、埃《ほこり》っぽさはすっかり無くなっている。ひんやりとしていた土蔵は、いつの間にかぬくもりすら感じられるようになっていた。

そんな中、僕は裸電球の暖かい光の下で、八面体に成形されたクリームソーダのような色の蛍石と、グレープジュースを閉じ込めたような色の蛍石を机の上に並べてみた。

「うーん、光量が足りないかな」

「どうしたんだい？」

　雫が、興味深そうに覗き込む。

「透明感がある鉱物に強い光を当てると、光が鉱物を通り抜けて、鉱物の色をした影が綺麗に浮かび上がるんだ。この子達なら、きっと上手《うま》くいくと思ったんだけど」

「ああ。透明感がある石だと良いかもしれないね。金属鉱物の反射も捨て難いものだけど」

　雫は、細い指先で蛍石を撫でてみせる。

「透明感があっても、僕のように無色ではいけないのかな」

「雫の本体は、光がちゃんと抜けると思うけど、影に色が付かないからね」

　裸電球に照らされている日本式双晶を見つめる。標本の下に出来た薄い影よりも、僅《わず》かな光でも反射して、まばゆく煌めく姿の方が美しかった。

「僕の一族ならば、紫水晶《アメシスト》や黄水晶《シトリン》だと良いのかもしれないね。瑪瑙も、薄くスライスをしたものであれば面白い影が映るかもしれない」

「スライスかぁ。お祖父ちゃんのコレクションにもあったけど……」

　僕は、規則正しく積み上げられた木箱を見やる。確か、律さんと一緒に整理をして、一か所にまとめておいたはずだ。

「だいぶ前に整理したような……」

「地球の記憶が地層になるのと同じで、人の仕事もまた、堆積するものだからね」

雫は暗に、積み上がった箱の下の方にあったはずだと教えてくれた。

「それに、ちょっと大きくて扱い難《にく》いっていうか……」

祖父の持っていたスライスは、顔面くらいの大きさがあるのではないかというものだった。波紋を静止させたような模様と、そこから抜ける光は美しかったものの、僕が下手《へた》に弄《いじ》ると割ってしまいそうだった。

箱を開けたり梱包を解いたりという作業をしていた律さんも、いつになく真剣な表情で梱包していたのをハッキリと覚えている。

「瑪瑙のスライスならば、小さいものであればそれほど高価ではないはずだよ」

「あっ、そうなんだ！」

「ごく稀《まれ》に、虹が見えるものも交じっているのさ」

「虹かぁ……」

瑪瑙をとても薄くスライスした時に、模様が生み出す屈折率の関係で、虹色に輝く部分が生まれる時もあるらしい。

「新宿《しんじゆく》の標本屋さんにあったかも。探しに行ってみようかな」

「それも一つの選択だと思うよ。僕は賛成したいところだね」

「それこそ、フリマアプリにも出てるかもしれないけど……」

「フリマアプリ？」

苦笑まじりの僕に、雫は首を傾げてみせた。

僕は携帯端末を取り出すと、雫に今日のことを簡潔に伝える。

「ふむ、成程ね。今はオンライン上でそのようなやりとりが出来るわけだね」

「でも、僕はちょっと苦手かも。鉱物って、地球が生んだ奇跡の産物じゃないか。それを、こんなに簡単に売っちゃっていいのかなって」

古着や中古の家具とともに並べられた鉱物達の写真を眺めると、どうも違和感を抱いてしまう。土蔵の箱の中に、ラベルを添えて大事にしまわれている鉱物を見ているからだろうか。僕の中では、鉱物は『標本』というイメージが強かったので、インテリアやアクセサリーと同じ扱いになっているのが衝撃的だった。

それに、そんなに簡単に手放してしまって良いものなんだろうか。

雫が顔を覗き込ませるようにしてその画面に興味を示すので、僕は彼に端末を渡した。

「失礼するよ」

雫は見様見真似《みようみまね》で、画面をフリックしたりタップしたりする。しばらく弄ると早々に要領を摑《つか》んだようで、「へぇ」と声をあげた。

「スマホの使い方、分かった？」

「ああ。感覚的に操作出来る機械のようだね。僕のように単純な組成の石精にも、易《やさ》しいな」

「組成と難易度って関係あるの……？」

「さあ？　ただ、僕のような二酸化珪素の無機物よりも、君達のように複雑な組成の有機物の方が、よほど複雑に物事を捉えていると思う時はあるよ。そういう意味では、電《でん》気石《きせき》一族なんかは、僕らよりも少しだけ君達に近いのかもしれないね」

「電気石って、トルマリンだっけ」

何とか思い出す僕に、「その通り」と雫は頷いた。

「彼らの組成は非常に複雑でね。そして、一族の種類も豊富なのさ」

「雫の、石英一族よりも？」

「数えたことはないけれど、そうかもしれないね。僕達はほとんど見た目で違いが判断出来るけど、電気石一族は成分分析をしないと違いが分からないし」

「色じゃ分からないの？　頭がピンクで、真ん中が透明、根元が緑のトルマリンなら、今日見たけど」

「アフガニスタン産のリチア電気石かな。そうだとしたら、リチウムが多く含まれている電気石だね。これは特定の産地の石が多く出回っているから、見た目で何となく分かるけど……」

そもそも、トルマリンが春色になる成因はリチウムではないそうだ。全く違う色のリチア電気石も多数存在しているのだという。

また、トルマリン一本の中に、リチア電気石と呼ばれる部分と、カルシウムが多いリディコート電気石と呼ばれる部分が混在している場合もあるのだという。

「頭が混乱して来た……」

「電気石一族の話は、また次の機会にしよう。彼らのことは、とても一晩では語り尽くせないからね」

「トルマリンって、複雑なんだね」

本の中では、とても長い化学式が書かれていた気がする。グループについても書かれていた気がするけれど、あまり頭に入っていなかった。

「さて、話を戻すけど」

雫は、携帯端末を僕に返してくれた。

「確かに鉱物は、長い年月を経て生み出された地球の欠片《かけら》にして奇跡の産物だ。貴重なものではあるけれど、それぞれの鉱物に個性があるように、人にはそれぞれの事情がある。コレクションを大切にしていたけれど、住まいの環境が変わってしまって、手放さざるを得ない時だってあるだろう。それに、コレクター自身がいなくなってしまう時だってある」

「あっ……」

雫は、少し寂しそうに土蔵の中を見渡す。

そうだった。僕も、祖父のコレクションを『放出』するために整理をしているんだった。

うちは土蔵があるから、急いで整理してしまう必要はないけれど、保管をすることもままならない環境の人もいるかもしれない。うちの近所には骨董屋さんがあるけれど、そのあてすらない人もいるかもしれない。

「そっか……。そうせざるを得ない事情があるのかもしれないね」

「そうだね。物事には多様性があるからさ」

雫はそう言って、携帯端末に視線を落とす。

「それにしても、樹がどうして影にこだわっているか分かったよ」

「えへへ……。綺麗だったので、つい」

フリマアプリに上がっている画像の何枚かは、正に僕がやろうとしていたことをやっているものだった。

「石の中には、色の濃度が高過ぎるせいで、強い光を当てないと色が分からない子もいるからね。色を見せるために光を当てるというのも、撮影技術の一つさ」

先ほど話題に上がったトルマリンも、そういった石が多いらしい。

「強い照明も悪くはないけれど、僕は自然光をお勧めするね。青空を背景に、太陽の光で照らしながら鉱物を眺めるのも、宇宙の息吹《いぶき》が感じられて、刺激的なのではないかな」

「そっか。今までずっと、土蔵か室内で見てたから、外で観察するのも良いかもしれないね」

自然光を挙げられたのは、目から鱗《うろこ》だった。

「ただ、光が苦手な子もいるからね」

「あれ？　そうなの？」

「僕の仲間である紫水晶は、日光を浴び過ぎると退色してしまうのさ」

土蔵の一角にある大きな紫水晶の群晶に、雫は目を向ける。

今は高貴な貴婦人のような紫水晶も、陽《ひ》に当て過ぎるとみすぼらしくなってしまうのか。

「一部を除いて、トパーズも退色し易いものが多くてね。あとは、鶏冠石《けいかんせき》なんかは光自体が苦痛のようでね。彼の箱を整理する時は、僕が教えるよ」

「光が苦手な鉱物って、意外と多いんだね」

「湿気や乾燥が苦手な子もいてね。保管の時には注意が必要なんだよ。尤《もっと》も、律君もいることだし、僕も一言添えるから、達喜のコレクションについては心配することはないけれど」

「雫や律さんがいてくれて、本当に助かるよ」

改めて、石マニアと石精の存在に有り難味を感じる。

雫は手近な椅子に腰を下ろすと、「さてと」と呟《つぶや》いた。

「樹は、瑪瑙のスライスをいつ買いに行くんだい？」

「今週末には、新宿に行こうかなと思って」

「一人で？」

「うん、その予定だよ。学を誘ってもいいんだけど、サッカーの試合があるって言ってたからなぁ」

「そうか……」

雫は椅子の背もたれに寄りかかり、天井を仰ぐ。その逡《しゅんじゅん》巡するような表情に、僕は思わず固唾《かたず》を呑《の》んだ。

「それでは、僕も行こうかな」

「是非！　って、えっ⁉」

目を丸くする僕に、雫は悪戯《いたずら》っぽく微笑む。

「僕がついて行っては、お邪魔かな？」

「そんなことあるわけない！　百人力、ううん、百万石だよ！」

「それは土地の生産性の単位だね」

驚きのあまり、律さんと同じ失態を犯してしまった。

「た、ただ、僕のひ弱な腕では、雫を抱えていけないかな……」

不安な表情を隠すことなく、雫の本体である日本式双晶を見やる。しかし、雫は可笑《おか》しそうに、くすりと笑った。

「流石に、樹にそんな無茶はさせないよ」

「良かった……。梱包からして、上手くやれる自信が無くて」

「先日、話題にしただろう？　本体からどれだけ離れられるかということを」

「そうだったね。雫は、本体から離れても大丈夫なの？」

可能か不可能かはともかく、彼の心象的には微妙だったはずだ。だけど、雫はにこやかに微笑み返す。

「様々な物事を学び、挑戦してみようとする樹に感銘を受けてね。僕も、少しばかり冒険してみることにしたよ」

「そ、そっか……」

むず痒い気持ちを隠すように、雫からそっと目をそらす。

「ただ、石精が本体からどれだけ離れられるのか、僕も本当のところ分からなくてね。樹と目的地に辿《たど》り着けるか、分からないけれど」

雫は、申し訳なさそうに苦笑する。

「大丈夫。その時は、雫の分も瑪瑙のスライスを買って来るよ」

「フフッ、それは有り難いことだね」

「因みに、離れ過ぎたからって、雫の存在が消えちゃうなんてことは無いよね……」

僕は思わず、声のトーンを落とす。そんなことになってしまったら、大変どころではない。

「さあ、どうだろう」

「さあって……！」

「世界は複雑だからね。あらゆる可能性を考えなくては。でも、僕の経験上では、存在が消えることはほぼ無いと言っていいと思うよ」

「良かった……」

僕は、胸を撫で下ろす。

「それこそ、本体が失われてしまったらどうなるか分からないけれど。でも、僕は樹達との縁のお陰で、こうして存在しているわけだからね。本体が健在で、樹達が僕を忘れない限りは、存在し続けると思うよ」

所有権が移って、縁が切れたら会話が出来なくなるかもしれないけれど、と、雫は骨董屋さんに行った時のことを思い出し、困ったように眉根を寄せる。

「雫のことは手放さないし、雫のことは忘れないよ」

「それは、石精として有り難いことだね。その約束は、至上の幸福とも言えるな」

「もし……、もしだよ。僕達が雫を忘れてしまったら、どうなるの？」

恐る恐る発した質問に、雫は笑顔のまま、哀《かな》しそうに目を伏せた。

「それこそ、僕を知る者がいなくなってしまったら。僕が誰のものでもなくなってしまったら。石精としての僕は消えてしまうだろうね。本体はこの土蔵で居場所を得ているけれど、石精としての僕は、君達の心の中に居場所を得ているのだから。樹達だって、居場所である地球が――いいや、この宇宙が消えてしまったら、消えてしまうだろう？それと同じことさ」

「宇宙が消えるってなると、スケールが大き過ぎて想像力が追い付かないけれど……」

でも、地球が消滅しても、火星で生活出来る時代が来るかもしれない。だけど、宇宙そのものが消滅してしまうとなると、もう、どうしようもないということは分かる。

雫にとって、覚えている人がいなくなるというのは、そういうことなのか。

祖父が亡くなってから、僕に会うまでは空白の時間があるけれど、僕は祖父の生前、雫の本体を目にしたことがあったし、祖父と僕は血族という縁があった。律さんだって、祖父のところに頻繁に出入りしていて雫の本体をハッキリと覚えていたし、その関わりが、雫の存在を繋《つな》ぎ止めていたのかもしれない。

「それにしても、人間の記憶や心と、宇宙が対比されて語られるのって、ちょっと不思議だね」

「どうしてだい？」

「だって、スケールが全然違うじゃないか」

「そんなことはないよ」

雫はやんわりと、しかし、ハッキリと否定した。

「人の心は、宇宙と同じく広大なのさ。君達は物質で物事を量るから、分かり難《にく》いのかもしれないけれど。人は誰しも、宇宙を抱いているんだよ」

「僕も、宇宙を……？」

僕が自分の胸に手を当てると、雫は深く頷いた。

だけど、僕が感じ取れたのは、必死に生命を刻む鼓動と、自分の手のひらの小ささだけだった。


新宿にある大型書店に行くのは、もう随分と慣れてしまった。

京王線《けいおう》が新宿駅に停《と》まると、人々がどっと車内から溢《あふ》れ出す。僕はそれを掻《か》き分けながら、東口へと向かった。駅から出ると、人通りの多い広場と、それをぐるりと囲むビル群が僕を迎える。

新宿は人の往来が激しくて、最初の頃こそ人ごみに流されそうになったものの、今は人の動きを読みながら、誰にもぶつからずに進めるようになった。

でも今日は、いつもとは違う。

僕の隣には、雫がいた。

「雫、大丈夫？」

「ああ。縁が繋がっている樹の傍《そば》にいるからかな。今のところ、問題はないね」

雫は、人ごみなんて意に介していないかの如《ごと》く、流れるようにすり抜けていた。

周りの人も、雫に気付かずに歩いて行く。都心にいる人達は自分のことで精一杯だから、周囲には無関心だと言われているけれど、雫のように綺麗な男の子が歩いていたら、みんな気になるはずだ。

「雫の姿は、みんなには見えてないのかな？」

「そのようだね。ここには、石精と縁が結ばれている者はいないようだ」

「あっ、そういう……」

寂しいのかなと思いつつも、意外と雫は気にした様子もなく、僕とともに大型書店の中へと入っていく。店頭で売られている話題の書籍を気にしつつも、僕達は一階にある標本屋さんへ向かった。

「へぇ……」

一階の奥にある標本屋さんが見えた瞬間、雫は水晶そのもののような瞳を輝かせる。

「樹から話は聞いていたけれど、この店は本当に、様々な石達と人間の、出会いの場所なんだね」

雫は、店頭にあるガラスケースに飾られた石達をつぶさに眺め、それから、僕の後に続いて店内へと入る。化石や鉱物がずらりと並べられた、博物館のような店内は、何度来ても圧倒される。

「ここに来ると落ち着くね。草薙の家の、土蔵の中のようだ。一族がいるからかもしれないね」

「確かに、水晶はいっぱいあるよね」

僕は、所狭しと陳列された、世界各国の水晶を眺める。アーカンソー州のいかにも水晶といった尖塔状の結晶や、しっかりとした母岩に抱かれた、フランス産の小さな両《りょう》錘《すい》の水晶もある。かと思えば、長崎県で採れたという、小ぶりの日本式双晶もあった。

「樹が探している瑪瑙スライスも、僕の一族だしね」

「あ、そうだった」

僕は目的を思い出す。今日の目的は、雫と石を見て歩くことではなく、瑪瑙スライスを買うことだった。

ふと、天国に旅立ってしまった愛犬のメノウの姿を思い出す。メノウの姿が描かれたような縞《しま》模様のある瑪瑙スライスは立派なもので、持ち歩いて落としてしまってはいけないと思って仕舞ったままだけど、ここで小さな瑪瑙を買えば、お守りとして持ち歩くことが出来るだろうか。

「えっと、瑪瑙スライスがありそうなのは……」

店内をきょろきょろと見回しつつ、瑪瑙スライスを求めて足を踏み出した、その時だった。

「きゃっ」

「わっ、すいません！」

陳列棚の向こうからやって来た女性と、ぶつかってしまった。

「こちらこそ、ごめんなさいね」

若い女の人だった。

二十歳《はたち》ぐらいだろうか。申し訳無さそうに目を伏せたかと思うと、足早にレジへと向かう。身綺麗だけど、地味な服装をしているなと思った。

手にしていたのは、青い蛍石だった。深海のような色合いで、一見すると鮮やかさに欠けるけれど、光を当てたらとても綺麗かもしれない。強い光を当てれば、その影も青くなるだろうか。

濃度が高過ぎて強い光を当てないと色が分からないという話を思い出しつつ、僕はその人がお会計をしている後ろ姿を、何となく眺めていた。

「樹」

　すると、雫は僕に耳打ちをする。

「ご覧」

「あっ……」

　雫に示された先には、哀しげな顔をした人が佇んでいた。

　店の出入口からひっそりと、先ほどの女性の様子を眺めている。中性的な顔立ちで、とても綺麗な人だった。ゆったりとしたエメラルドグリーンのケープが、やけに印象的だった。

「もしかして、石精……？」

「そのようだね」と雫が頷いた。

　その人の髪も瞳も、鮮やかな緑だった。正に、エメラルドで彫刻したかのようだ。

　いいや。この緑色は、むしろ――。

「ロジャリー鉱山の、蛍石かな」

　雫はぽつりと呟く。

「あっ、やっぱり……」

「地質的に同じ条件ならば同じような鉱物が出来るから、断定は出来ないけどね。でも、流通量が多いことから考えて、ロジャリーだと思う」

一方、女性は会計を終え、新たな蛍石が入った袋を鞄《かばん》の中に入れると、石精の脇をすり抜けて行く。その後ろ姿を、石精は悲しそうな表情で見つめたまま、ついて行った。

「あの女の人と、縁がある石精だよね……？」

「そのようだね。でも、気付いて貰えていないようだ」

「そんなことってあるの？」

「物事には、多様性があるんだよ、樹」

雫の言葉に、成程と思う。

「気になるかい？」

雫の質問に、「うん」と頷いた。僕は、そのまま受け流してしまえるような人間ではなかった。

「ちょっと、追いかけたい」

「樹の思いのままに」

瑪瑙スライスを後回しにして、僕は女の人を追いかける。

その時、蛍石の石精と目が合ってしまった。石精は、懇願するような目でこちらを見つめていた。その姿をよく見ると、向こう側がうっすらと透けていた。

「存在が、だいぶ希薄になっているようだね」

雫は心配そうにそう言った。

「僕達に何かを訴えたいのならば、教えてくれないかな」

雫の言葉に、石精は口をパクパクさせた。表情を見れば分かる。必死に何かを伝えようとしている。でも、声が出ないのだ。

このままではいけない。そう思った時にはもう、僕は女性に声を掛けていた。

「あのっ」

「えっ?」

大型書店のビルから出ようとしていた女性は、目を丸くして振り返る。

「あなたは、さっきの……」

「えっと、その……」

この先、どうすべきか全く考えていなかった。女性は、不思議そうにこちらを見ている。

「ロジャリー鉱山で採れた蛍石を、所有しているのではないかな?」

僕のすぐ横から、雫の声がした。女性は、目を丸くして雫のことを見つめる。

「ど、どうしてそれを?」

「君に聞きたいことと、話したいことがあるのさ。時間をくれるかな」

「は、はい……」

彼女よりも明らかに若い外見なのに、はるかに貫禄《かんろく》がある雫に、彼女は丁寧語で頷いてしまう。初対面の自分に対して声を掛けてきた不審さよりも、雫が持つミステリアスな美少年の雰囲気が、いとも簡単に頷かせてしまったのだろうか。

「これでいいかな、樹。エスコートは君の役目さ。僕は、この辺りでゆっくり話せる場所を知らないからね」

雫はそう言って、僕に道を譲る。

「えっと、それじゃあ、地下のファストフード店で……」

大人のオトコならば、オシャレなカフェに案内するのかもしれない。だけど、まだ義務教育も終えていない僕には、自分のお小遣いから無理なく支払えるお店を案内するので精一杯だった。

僕はコーヒーフロートを、女性はクリームソーダを頼む。

僕と女性は向かい合って席に座ったものの、雫と石精は立っていた。僕は、うつむく石精を心配しながらも、相手を立たせている気まずさも感じていた。

「どうして、あなたは座らないの？」

女性も気になったようで、雫に問いかける。

すると、雫はにっこりと微笑んだ。

「僕は、この店の客ではないからね。座席は客のために用意されたものなのさ」

「飲み物くらい……その、高くないものなら、私がお金を出すけど」

お金が無いと思われたらしい。でも、外見が僕と同じくらいだから、仕方がない。

だけど、雫は静かに首を横に振った。

「気遣いは無用だよ。僕はそういった存在ではないからね」

「どういう……こと？」

「僕は雫。石に宿る精霊のようなものさ」

「石に宿る、精霊……？」

女性は少しだけ椅子を引く。驚くのは当たり前だ。いきなり信じろという方が難しい。

それにしても、彼女にはちゃんと、雫のことが見えているようだ。だけど、どうして自分の傍にいる石精は見えないんだろう。石精とは縁が結ばれているはずなのに。

「パワーストーンを使う新興宗教の勧誘……？　ロジャリーの蛍石を買ったのだって、SNSをずっと見てたから知ってるとか……」

「いやいや、誤解ですよ」

疑いの眼差しに、僕は思わず反論した。

「そもそも、お姉さんのSNSのアカウントは知らないですし！」

「そうなの？」

彼女は怪訝《けげん》な顔をする。彼女を知らないと言ったことで、気分を害しているようにも見えた。

「成程。君はオンラインのギャラリーを持っているようだね。不勉強な僕に、見せてくれないかな？」

雫は、遠慮することなく女性に尋ねる。その独特のペースに呑まれたのか、彼女はしぶしぶと携帯端末を取り出し、画面を開いて見せてくれた。

「あっ！」

声をあげたのは、僕だった。

彼女が公開している写真に、見覚えがあった。正に先日、山下さんが見せてくれたものだった。

「ミントさん……？」

「あら。やっぱり知ってるじゃない」

彼女は、カリスマコレクターと呼ばれていたミントさんだった。僕が彼女の名前を口にするなり、彼女は得意げな表情になる。

「まあ、SNSに顔写真を載せてないから仕方ないわね。石のイベントには、よく顔を出すんだけど」

「初心者なもので……」

僕は申し訳なさそうに頭を下げる。

「へぇ、よく撮れているじゃないか」

雫は、すっかり慣れた仕草で、携帯端末の画面をスクロールしていた。

「スマホでちょっと撮っただけよ。石が可愛くてしょうがないと思った時にね」

その割には、自宅と思《おぼ》しき机の上はよく片付けられていて、照明も撮影を意識した位置に置かれていた。

LEDライトで煌々《こうこう》と照らされた、透明でカラフルな鉱物達は、美しい影を幾つも生み出している。鉱物達がフェアリーリングのような形を作っているところなんかは、ダンスパーティーでもしているかのようだった。

「成程ね。それなら、先ほどの子は、この子達にとって新入りとなるわけだね。君の家で可愛がられ、幸せそうに待っている、この子達の」

慈《いつく》しむような目で携帯端末の画面を眺めている雫に対して、ミントさんの顔が強張《こわば》ったのを見逃さなかった。

「そ、そうね」と彼女の声が上擦《うわず》る。僕はそれが気になって、机の下でSNSを起動させた。

ミントさんのSNSの画面には、フリマアプリのアカウントへのリンクが貼られていた。フリマに出品されているラインナップを覗き見て、僕はぎょっとした。

SNSに投稿されていた鉱物は、ほとんどがフリマに出品されていた。幸せそうに輪

Boys in Crystal Garden 2 | Melancholy of Fluorite

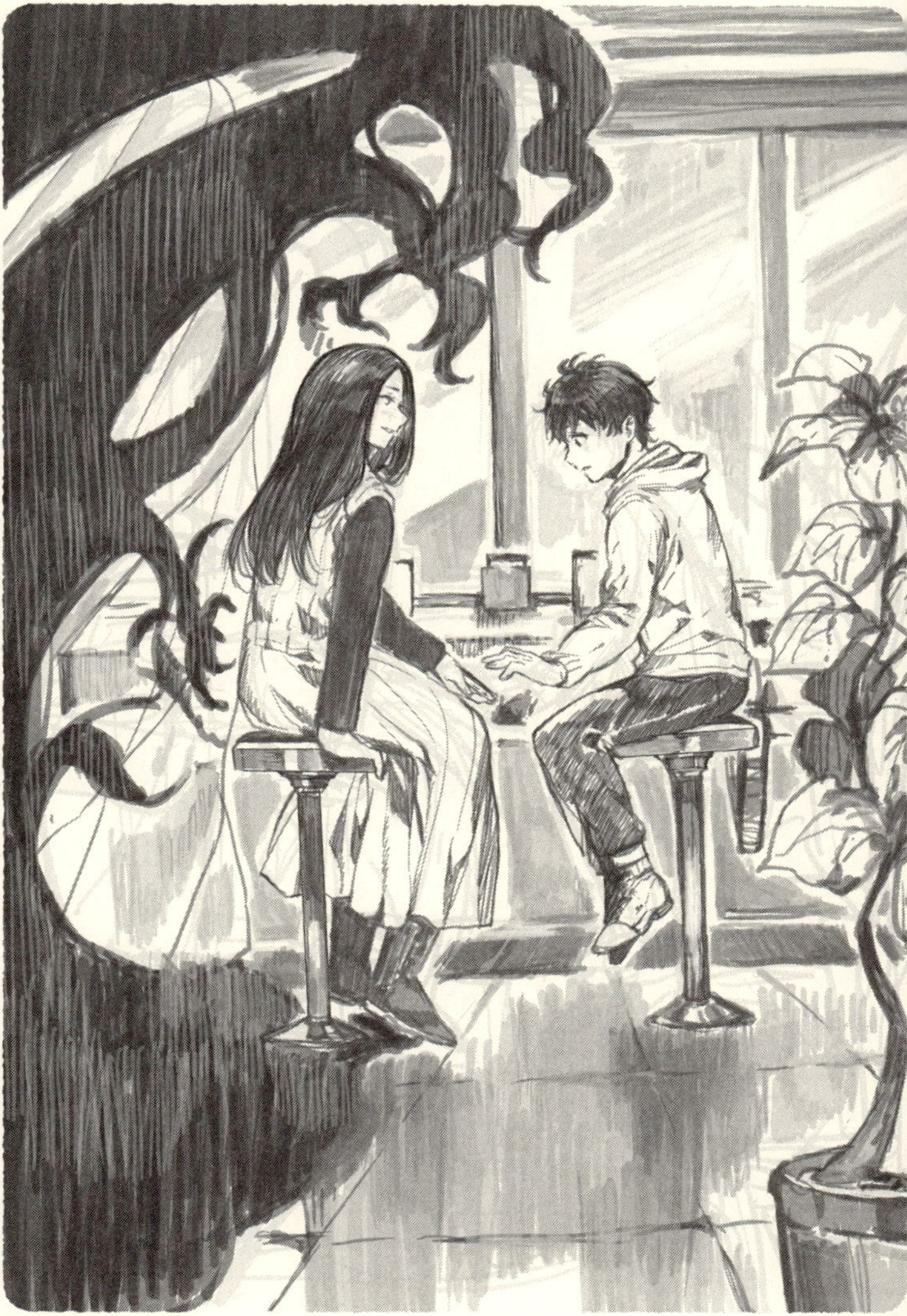

になっていた石達も、既に幾つかが売れていた。

山下さんが言っていた、ミントさんが石を放出してくれるという話は、このことだったのか。

そして、あのロジャリーの蛍石も出品されている。出品されたのは、つい先日だった。まだ売れてはいないけれど、石自体は勿論《もちろん》、写真も綺麗なので、買い手がつくのは時間の問題だろう。

僕は、蛍石の石精の方を見やる。彼は相変わらず、愁《うれ》いの表情でミントさんを見つめていた。

もしかして、彼が僕達に訴えたかったことは、彼女が自分を売ろうとしているということだったのではないだろうか。

「このままでは売られてしまう。助けて」と、僕達に伝えたかったのかもしれない。

彼女に、「縁が繋がっているのだから、売らないで欲しい」と訴えたかったのかもしれない。

SNSに投稿された石と、フリマアプリの現状から彼女が持っている石を照らし合わせてみたものの、どうも一致しない。これでは、まるで——。

「ちょっと、待って下さい！」

気付いた時には、ミントさんに向かって声をあげていた。

「ミントさんが持っている石、ほとんどがフリマで売られちゃってるじゃないですか」

雫は「そうなのかい？」とでも問うように、ミントさんの方を見やる。ミントさんは、気まずそうに目をそらした。

「そう、放出よ。私だけじゃなくて、他の人にも可愛がって貰いたいなって」

「昨日、『私の大事な子達』ってキャプションをつけてアップしている画像にあった石だって、もう既に売れてるじゃないですか……。掲載順から考えると、売れたのは昨日今日じゃないですよね、これ」

僕に指摘されたミントさんは、図星だと言わんばかりに下唇を噛《か》む。

どうして、今は所持していない石の画像を、さも所持しているかのようにアップするのか。僕にはそれが理解出来なかった。

そして、どうしてこんなに簡単に、石を手放せてしまうのか。大事な子達というキャプションは、偽りのものなんだろうか。

「それは、過去の再掲載で……。最近のフォロワーは、その時の写真を見てないし、見たいかなと思って……」

その投稿には、沢山の『いいね』がついていた。「ミントさんの選ぶ石はやっぱりキレイ」とか、「石が幸せそうですね」というコメントもついていた。

「でも、ここに写っている石は誰かの手元にあるんでしょう？　もう、ミントさんのものじゃないんでしょう？　それなのに、自分のものであるかのようにアップするなんて――」

「やめて！」

ミントさんが、僕が言わんとしていることを察したかのように叫ぶ。

ミントさんのSNSをさかのぼると、数か月前に同じ画像を投稿しているのが判明した。その画像は、今回の投稿よりもずっと多くの『いいね』がついていて、いわゆる、バズるという状況になっていた。

「何だかまるで、『いいね』が欲しいだけみたいじゃないですか……」

「違う……。そんなわけない……！」

ミントさんは両手で耳を塞ぐ。まるで、突きつけられた現実から逃れようとするかのように。

「君がそう言うのならば、そうなのかもしれないね」

雫は否定するミントさんの言葉を肯定し、やんわりと彼女の手首に触れる。ミントさんはその指先の冷たさに驚くものの、促されるままに耳から手を離した。

「君にも、事情があるんだろう？　君は、石に対して確かに愛情を持っているはずだ。少なくとも、或《あ》る石にはね。それなのに、手放そうとするには、理由があるのだと思ってね」

雫は、蛍石の石精を見つめる。石精は、相変わらず、愁いの顔でミントさんを見守っている。

そうだった。石精は、何らかの縁がないと現れないはずだ。でも、そんな縁がある石を売ろうとするだろうか。

「そこに、『事情』があるってことか……」

僕は、思わず呟いてしまう。それを聞いた雫は、そうだよと言わんばかりに微笑んだ。

ミントさんは、しばらくの間、うつむいて沈黙していた。

クリームソーダに入っている氷が溶け、盛られたアイスクリームの形が崩れ始める頃、彼女はようやく口を開いた。

「お金が――無いの。だから、石を売らなくちゃ」

「成程ね。でも、君は結局、売ったお金でまた石を買っているわけだし、お金は増えないんじゃないのかな」

「元値に交通費と……ほんの少しを足してるの。普段は安いところで買ってるし、綺麗なのを選んでいるから。それでもみんな、安いって思ってくれて……」

それに、鉱物ショップがあったり、ミネラルショーが開催されたりする地域に住んでいる人ばかりではない。身近な場所で鉱物が販売されず、相場が分からない人もいるそうだ。

でも、最初から売ることを考えて購入していたとしたら、放出というより転売ではないだろうか。

僕は腑《ふ》に落ちない気持ちになるものの、雫が話を進めるのを、そっと見守った。

「それじゃあ、少しずつお金は貯《た》まっているのかな。そのお金で、最終的にどうする気だい？」

「もっと良い石を買うの。コレクターの間で注目されているような、高い石を」

「石を売ったのに？」

「新しい石や注目されている石を買って、写真を撮ってSNSに上げないと。だって、みんなが私の石の写真を待ってるから……」

「そして、写真をSNSに上げたら石を売る。その繰り返しかい？」

雫は飽くまで、やんわりと尋ねる。ミントさんは、萎縮するように頷いた。

「でも、無理はいけないよ。鉱物は数百円で購入出来るものもあるけれど、恐ろしく高価な値段がつけられているものもあるからね。もし、君が石を購入するためのお金を増やそうとしているのなら、それは果てが無いと思うけれど」

「でも、高い石を買うとみんなが注目してくれるから……。すごいねって言ってくれるから……」

「鉱物の価値は、その値段ではないと思うけれど」

雫は、少し困ったように肩を竦める。

「君は、注目を集めたいのかい？」

「そう……なのかも」

「人に見られて、評価されることが嬉しいのかな？」

やんわりと尋ねる雫に、ミントさんはビクッと身体を震わせた。またもや、図星をつかれたと言わんばかりだった。

「人のほとんどは、評価を欲するものだということは理解しているよ。僕も、愛《いと》しい者達から褒めて貰えれば、嬉しいという感情を覚えるからね。君の気持ちは、全く分からないわけじゃない」

「あなたも……？」

「欠けたところがあると、特にそう思うのかもしれないね」

さらりと言った雫の言葉に、僕は胸が痛むのを感じた。雫の欠けたところとは、産地情報のことを言っているのだろうか。

ミントさんは、アイスクリームがだいぶ溶けてしまったクリームソーダを眺めながら、ぽつりぽつりと語り出した。

「私の父は、エリートなの。母も高学歴だし、姉も優秀で」

ミントさんは、いわゆるお金持ちの家庭の次女らしい。今は一人暮らしをしているそうだけど、生活に困れば、両親が生活費を出してくれるそうだ。実家にいた頃は、何不自由なく暮らしていて、何をしても天才だとか神童だとか褒められて、本人もその気になっていたのだという。

　そんな彼女の両親は、二人の娘を大事に育てると同時に、将来に期待していた。姉はその期待に応え、大学を出た後、有名企業に就職し、バリバリ働いているのだという。だけど、ミントさんは大学を出てから、平凡な企業に就職した。有名企業に就活をしに行ったものの、採用には至らなかったそうだ。

　父親の経営する会社に就職するという道もあったらしいけれど、それはそれで、彼女はよしとしなかったらしい。一人暮らしをしているのも、親元を離れたかったからだという。本当は、困った時も両親の仕送りに頼りたくないそうだが、実家に帰った時にあの手この手を使われて、近況を知られてしまうのだという。

「何とか、一人で生きて行こうと思っても、上手くいかなくて。就職先では、お局様《つぼねさま》が聞いたこともないような罵詈雑言《ばりぞうごん》で私を罵《ののし》るの」

「就職した環境が、思わしくなかったというわけかい」

「……そうね」

　生き辛《づら》そうだな、と僕は思った。

　親と同じくエリートになることを期待され、エリートになるべく育てられたのだとしたら、平凡な企業で罵られながら働くのは、彼女にとってこの上なく理不尽だろう。幼い頃に叱られることが無かったのだとしたら、尚更《なおさら》だ。

そんな気持ちが、ミントさんを歪めてしまったのかもしれない。

「そんな時、石に会ったの。光を浴びて煌びやかに輝く石は、私の胸に空いた穴を埋めてくれるようだった。私は、すぐにその石を買ったわ」

「それで、鉱物収集に目覚めたというわけだね」

「ええ。でも、新しい写真をアップしないと、私はすぐに忘れられてしまう。だって、私よりもいい石を持ってる人は沢山いるんだもの。だから、もっと買って、もっといい石を手に入れないといけない。そうじゃないと、折角認めて貰って何とか手に入れた場所が、消えてしまう……」

彼女は、喘《あえ》ぐようにそう言った。

クリームソーダが入っているカップに添えられた手は、震えていた。頬には、水晶の欠片のような涙が伝う。

その時だった。

彼女を見守っていた石精が動き、そっと彼女の前に膝を折った。

それでも、彼女は気付かない。瞳は涙ですっかり曇っていた。

だけど、石精は整った指先で、彼女の頬に伝った涙をそっと拭う。そして彼女の耳元で、こう囁いた。

「どうか、忘れないで」

「えっ」

ミントさんはハッと顔を上げる。次の瞬間、周囲が暗転——いや、緑転した。

僕は、いつの間にかエメラルドグリーンの迷宮の中に誘《いざな》われていた。

ミントさんも一緒だった。手元にあったクリームソーダは消え、ファストフード店の机と椅子も無くなっている。

「な、なに、これは……！」

上も下も、右も左も深い緑で彩られていた。橄欖石《かんらんせき》の石精に誘われたマントルの幻想で見た、オリーブグリーンのペリドットの色とはまた違った、エメラルドにも似た濃い緑だ。

でも、これはエメラルドの輝きではない。少しばかり柔らかく優しい光が、僕達を包んでいた。

「これは、蛍石……？」

ミントさんは呟く。この、目が覚めるほどに美しい緑は、ロジャリー鉱山の蛍石の色とよく似ていた。

「どうか、忘れないで」

中性的で、春の風のように柔らかい声がする。

僕とミントさんがそちらを振り返ると、緑色だった空間は、ぼんやりと青く、幻想的に輝き出す。まるで、ブラックライトの光に反応して、蛍光するかのように。

その様子を見ていたミントさんは、ハッと息を呑んだ。

青く輝き出した壁には、ミントさんの姿が映っていた。今の彼女と服装が違うから、以前の彼女の幻影なんだろう。

彼女はくたびれた顔で、背中を丸めながら歩いていた。スーツを着て、バッグを提げているところからすると、会社帰りなんだろうか。

『会社にも、実家にも……、出来損ないの私の居場所なんてないんだ。でも、何処に行けば……』

幻影のミントさんは、溜息《ためいき》を吐《つ》く。僕のそばにいるミントさんは、哀れな姿の自分を見せつけられてか、顔を強張らせていた。

そんな中、幻影のミントさんは足を止める。

それは、標本屋さんの店頭だった。手の届く距離に置かれている石を見て、彼女はしばらくの間、彼女自身が石になってしまったかのように立ち竦んでいた。

『綺麗……』

彼女はぽつりとそう言ったかと思うと、石を手にしてレジまで走って行った。

「あの石……」

僕は、その石に見覚えがあった。

今まさに、僕達を囲んでいる輝きそのものを持っている石だった。そして、ミントさんが放出しようとしていた石でもあった。

幻影の中のミントさんは、石が入った紙袋を手にして、自宅へと急いだ。彼女の背筋はしゃんと伸び、目は宝石に負けないくらい輝いていた。

それから彼女は、ベッドの上に寝そべりながら、照明の光に石を透かしていた。彼女は、とても満たされた顔をしていた。

やがて、幻影の彼女は何かに気付き、ベッドから降りて携帯端末を持って来る。そして、片手で石を持ち、片手で端末を構えて、照明で透かしながら写真を撮った。

『光に透かすと綺麗なの、みんなに見て欲しいな』

彼女は心を躍らせるような表情で、ＳＮＳにアップする。すると、ぽつぽつと『いいね』が付いた。

それを見て、彼女は顔を綻ばせる。

『やっぱり、素敵よね。分かって貰えて嬉しい』

そう言った彼女の表情は、実に満たされていた。きっとその頃は、今ほど多くのフォロワーを獲得していなかっただろうし、『いいね』だって少なかったはずだ。

でも、彼女はとても幸せそうだった。

「忘れてた……」

僕の傍にいるミントさんは、震える声で呟いた。

「この時は、純粋に自分の石を見て欲しかったの……。『いいね』が貰えると、共感されたみたいで嬉しかった……。こんな、出来損ないの私でも、価値観を共有することが出来るんだって……」

うつむくミントさんの前に、あの蛍石の石精が現れる。愁いに満ちていた表情は、少しだけ穏やかなものになっていた。

「あなたは……」

ミントさんは、石精を見つめる。石精もまた、ミントさんを見つめた。

「忘れないで。私と出会った時のこと。そして、石を愉《たの》しむという気持ちを」

その言葉で、ミントさんは石精が何者であるか悟ったようだった。目を見開き、蛍石と同じ輝きを放つ美しい髪と瞳を見つめていた。

「そして、私があなたを愛しいと思っていることを。たとえ、私が手元から離れてしまっても、覚えていて欲しい」

石精は、ミントさんの目の前までやって来ると、満足そうに微笑んだ。

そうか。石精は、売られることを愁いていたわけではなかったんだ。ミントさんが苦しそうなのと、彼女に気持ちを伝えられないことを愁いていたのか。

「今まで、有り難う」

「待って！」

ミントさんは、石精の白い手をぎゅっと握る。

「行かないで！　私にはあなたが、ううん、みんなが必要なの！」

ミントさんの言葉に、石精は驚いたような顔をしていた。しかし、すぐさま嬉しそうに微笑み、「有り難う」とお礼を繰り返す。

それは、先ほどよりも優しい響きだった。


気付いた時には、僕達はファストフード店にいた。

僕の傍には雫がいたけれど、ミントさんの前からは石精が消えていた。ミントさんは彼を探す前に、慌てて携帯端末を取り出した。

「出品を、キャンセルしないと……！」

ミントさんは、次々とコレクションの出品を取りやめる。その中には、あの蛍石も交じっていた。

「鉱物への想《おも》いが、彼女の本来の輝きを蘇《よみがえ》らせたようだね」

雫は、全てを悟ったように微笑んだ。

「あの蛍石の石精は、消えてしまったの？」

「きっと、彼女に想いを伝えることが出来たから、満足したのかもしれない。でも、縁が切れたわけではないし、彼が本当に消えてしまったわけでもない。いずれまた、彼女の前に姿を現すと思うよ」

それが、また何かを訴える時なのか、それとも、喜びを共有し合おうとしている時なのかは分からないけど、と雫は付け足した。

「思い出した……。最初の頃は、あのロジャリー鉱山の蛍石を、ずっと撮っていたの。それで、少しずつフォロワーが増えて……」

出品を一通り取りやめたミントさんは、深い息を吐いた。

「それならば、君には鉱物の美しさを引き出す技術があるのだと思うよ。良いものを良く見せるのも、才能の一つなのだから」

雫がそう微笑むと、ミントさんは照れくさそうにうつむいた。

「私、社会に出てからは何も出来ないことが分かって、自分は本当に駄目な子なんだって思ってた。姉とは違って、出来損ないなんだって。でも、そんな私でも、出来ることがあるのかな……」

写真だって、得手不得手がある。同じ場所を撮っても、撮影者によって随分と違う風景に見えることだってあった。

「一つの石でも、角度によって様々な見方が出来るはずさ。全体を撮ったものと、一部だけ切り取ったものにも違いがあるしね。それに、ロジャリー近辺から産出する蛍石は、ブラックライトのみならず、太陽光で蛍光することもあるんだ。環境が変わると、また違った輝きに気付くはずさ」

「……人間も、そうかな」

ミントさんは、ぽつりと尋ねる。雫は、迷わず頷いた。

「そうだとも。鉱物だって、湿気で崩れてしまったり、日光を浴びて退色してしまったりするものがあるんだ。万物には適材適所がある。環境を変えて、自分に適した場所を探せばいいよ」

「そうだね。……うん、そうする」

頷いた彼女の目には、決意が宿っていた。蛍石の煌めきに負けないほど、彼女の瞳は美しかった。

後日、山下さんが率いる女子達がミントさんのＳＮＳについて話しているのを聞いた。

「最近、同じ石が写ってる写真しか上げないね。新しい石は買ってないのかな。放出もしてくれないし」とぼやいていた。

「でも、公園とか街中とか、色々なところで撮ってるのは素敵だね」と盛り上がっていた。

彼女達が話している内容からして、例の蛍石の画像だろう。僕も丁度、自分の端末でその画像を眺めていた。

「太陽の下で撮ると、こんなに綺麗に見えるのね」

「いいなぁ……。私も、ずっと前に買った石を、別の場所で撮ってみようかな。また違った魅力に気付けるかも！」

僕はそれを聞いて、思わず顔を綻ばせる。そして、陽光に照らされて心地よさそうに輝く蛍石の写真に、『いいね』を押したのであった。

第二話

桜石の思い出

Episode 2
Memories of
Cerasite

桜が、ちらほらと咲き始める季節になった。

もう少しすれば、この辺りでも有名なお花見のスポットである砧《きぬた》公園は、桜が満開になるだろう。幼い頃に両親に連れられて行ったことがあるけれど、青空を覆い尽くしてしまいそうな桜の花は、今でも忘れられない。今年は、学と一緒に自転車で行ってみようか。

「すっかり、春だなぁ」

作業を一段落させた律さんが、ぼんやりとしながらそう言う。僕達は、祖父の遺品を整理するために、いつものように土蔵の中にいた。

高い窓の隙間から、やわらかい陽光が射し込む。土蔵の中に置かれた棚や机の上にある緑色や紫色の石達が、優雅にキラキラと輝いていた。

冬の日射しも温かかったけれど、春の光はそれにも増して、優しく、包み込むようだった。

「過ごし易《やす》い季節になりましたね」

「本当に。厚着をしなくていいから身軽だし、土蔵で作業をする時は楽だよ」

律さんは、何度も頷《うなず》いてみせた。

雑然とした魔法使いの住処《すみか》のような土蔵の中は、僕が初めて入った時よりも、ほんの少しだけすっきりとしていた。

せめぎ合うように並んでいた数々の骨董品《こっとうひん》も、ずらりと並んだ石が入った箱も少なくなり、土蔵全体にゆとりが出来ていた。

僕と律さんが頻繁に出入りして、その度に掃除をしているので、埃《ほこり》っぽさもすっかり無くなっている。

「最初の頃と比べて、随分と見通しが良くなったね」

律さんは、腰に手を当てて満足そうに言った。

「でも、まだまだ石も骨董品もありますね……」

僕は、少なくなったとは言え、まだまだ積まれている木箱を見やる。土蔵の隅にも、手つかずの骨董品が山のようになっていた。

「そうだ。あっちには、まだあんなに骨董品もあったんだっけ」

「忘れないで下さいよ」

僕は、律さんを軽く小突く。

「石ばっかり見てるから、骨董品の存在を忘れちゃうんだよね。骨董品だって、達喜さんの大事な遺品なのに」

律さんは申し訳なさそうな顔をすると、土蔵に置かれた骨董品をぐるりと見回した。

アンティーク調の家具であったり、異国情緒が溢《あふ》れる置物であったり、雉《きじ》やイタチの剝製《はくせい》があったりもした。

僕と律さんは、祖父が遺《のこ》した鉱物コレクションを整理している。骨董品の整理は、父の役割だった。

「彼らも、数が減ってしまったね」

先ほどまで作業を手伝っていた雫が、ぽつりと呟《つぶや》いた。その傍らの机では、彼の本体である立派な日本式双晶《そうしょう》が、キラキラと静かに輝いている。

その周りには、古書や地球儀、天球儀などが置かれ、鉱物画も並べられていた。それらは、僕が父に残しておいて欲しいと頼んだものだ。

この魔法使いの住処の主《あるじ》のような雫に、よく似合っていたから。

「雫は、寂しい？」

僕が尋ねると、雫は穏やかな笑みを寄越《よこ》した。

「少しだけ。彼らとは、長い付き合いだったから」

「そっか……」

友達同士を引き離してしまったような気がして、僕の胸は痛んだ。

「ずっと一緒にここにいられれば、良かったのかな」

「いいや」

雫は、静かに首を横に振った。

「道具は、主がいてこそ成り立つものだからね。持ち主である達喜がいなくなってしまった今、次の持ち主に出会うことが、彼らにとっての幸せなのさ」

「そう、なのかな」

「ああ。そういう意味では、彼らの門出を祝いたいという気持ちの方が大きいね」

雫の笑顔は、僕の心に宿った痛みを癒してくれる。

祖父の遺品について、色々と思うことはあった。折角、祖父が集めたものを、散り散りにしてしまっても良いのだろうか。遺された僕達が、引き継ぐべきなのではないか、と。

だけど、僕や両親では価値が分からず、持て余してしまうようなものが多くて、結局は、骨董屋さんに引き取って貰《もら》うことになってしまった。

「ちゃんと管理出来る人や、ちゃんと価値が分かっている人のもとに行くのが一番なんだよ。骨董品も、鉱物も」

雫は、僕達の目の前にある、石が入った木箱を見つめる。

その中に入っているのは、律さんも僕も、引き継ぐことが難しい石だ。主に、大きかったり重かったりして、持ち帰りや保管が困難なものだった。

「うちの部屋が、もっと広かったらなぁ」

律さんは、名残惜しそうに箱を見つめる。

「部屋に、石を飾ってるんですか？」

そのスペースが無くなってしまったのかと思って僕が尋ねると、「飾ってないこともないけど」と律さんは答えた。

「飾るスペースは、かなり前から無くってさ。今は、石が入った箱を、机や床に置くので精一杯だよ」

「クローゼットとかは……？」

「だいぶ前にいっぱいになったね」

律さんは、遠い目をする。

「それじゃあ、部屋中に石が入った箱が……」

「積み上がってる。いっぱい」

律さんは、僕の身長ほどの高さを示す。それほど、箱が積み重なっているということなんだろうか。床にも置いていると言っていたし、歩くスペースどころか、寝るスペースがあるのかも怪しい。

「地震が来たら、怖いですね」

「そうだね。箱の隙間に緩衝材を詰めてるけど、全体が崩れたらどうしようもないからなぁ」

「律君自身も、自分のコレクションを整理した方が良いのかもしれないね」

雫は、苦笑交じりに言った。

「それは何度も考えるものの、放出出来るものが無いんだよ」

「どれもお気に入りということかな。それでは、もう少し大きな部屋を探すしかないね」

「確かに。引っ越ししかないね。昇給して貰えるように頑張るよ」

律さんは、決意を固くするようにぐっと拳を握った。

「でも、この子達は、昇給するまで待って貰うわけにもいかないしなぁ」

「土蔵でそのまま保管することも出来ますけど……」

僕は、律さんと共に石が入った箱を見つめる。律さんは、「うーん」とか「いやいや」と、一人で頭を抱えた末、首を横に振った。

「いや。こういうものは、縁が大事だからね。物事をあまり先延ばしにしない方が良いと思うんだ。引き取り先があるのならば、目処《めど》が立っているうちにやらないと」

機会を逃してしまったら、縁が二度とやって来ないこともある。だから、物事は早く決断した方が良いのだと、律さんは言った。

それには一理あった。

もし祖父が、生前にコレクション整理をしていたとしたら、祖父のコレクションは、持ち主が選んだ相応《ふさわ》しい人達の元に行っていたかもしれない。

律さん以外にも、祖父と繋《つな》がっていた人がいたかもしれないし、その人であれば、この持て余すことになってしまった石まで引き取ってくれたかもしれない。

「……僕達は僕達で、早いタイミングで、最良だと思う人に託した方が良さそうですね」

「そういうこと」

律さんは、深く頷いた。

「その引き取り手の候補の、目処はついているのかな？」と雫が問う。

「今度の土曜日、父さんがまた、あの骨董屋さんを呼ぶんだって。その時に、お願いしようと思って」

「ああ、あの人か」

律さんは、すぐにピンと来たようだった。雫もまた、「成程ね」と察してくれた。

以前、雫が宿る日本式双晶を買い取った人だ。少し怖いけれど、審美眼は確かだと思う。

「えっと、お店の名前は――」

僕は記憶をさかのぼるものの、店名が出てこない。律さんは、それを察したように頷く。

「あの時は雫君を買い戻すので必死だったから、お店の名前なんて見る余裕がなかったよね。それに、看板が古いからか、文字がかすれてたてさ」

「場所は覚えているんですけど」

「僕もさ。だから、改めて行ってみたんだ」

「あのお店に？」と僕は目を丸くする。

「ああいうお店には、鉱物もあるんだって。まあ、産地が分からないのが大半だけど……、たまーに掘り出し物があるんだよ」

それこそ、昔鉱物収集をしていた人が、自分のコレクションを骨董屋さんへ持ち込むこともあるそうだ。今となっては採集禁止になってしまった産地の鉱物が、大量にお店に並ぶこともあるという。

律さんは、店主が鉱物の買い取りに慣れていると気付き、掘り出し物を期待して行ったのだという。

「それで、何か面白いものはあったのかな？」

雫は興味津々で、身を乗り出してみせる。

「まあ、それなりにはね」と律さんは笑い返した。

店主は相変わらず、少し不愛想だったらしい。最初こそ、律さんは緊張気味だったものの、並んでいる品々を見ているうちに、緊張は何処《どこ》かへ行ってしまったのだという。

「家具や絵画みたいな骨董品だけじゃなくて、奥に水石《すいせき》や、大型の鉱物が並んでいたんだ」

「水石？」

「自然石を台座に載せて、鑑賞する趣味さ。茶席や床の間なんかに飾るんだ。石を風景に見立てるんだよ」

「自然石って、鉱物と違うんですか？」

「水石に用いられるのは、岩石が多いかな。それが何処で採《と》れた何の石かを楽しむというより、石の佇《たたず》まいそのものを楽しむわけだからね」

「なんか、渋い趣味ですね……」

茶席や床の間というと、かなり格調が高い印象だ。

「達喜も、水石は少しだけ嗜《たしな》んでいたかな」

雫は、思い出したように言った。

「あ、そうなんだ……！」

「まだ整理していないところに、埋もれてしまっているかもしれないね。鉱物標本とは別に、箱に入れて保管していたようだけど。ただ、それほど熱心だったわけではないようでね」

コレクション数も、鉱物標本に比べて圧倒的に少ないのだろう。祖父は、鑑賞するよりも集めたり調べたりする方が好きだったのかもしれない。

「で、骨董屋さんのこと、続きを教えてくれるかな」

雫に促され、「あっ、うん」と律さんが頷いた。

「店内には水石の他に、見事な金属鉱物や、立派な紫水晶《アメシスト》の晶洞《しょうどう》もあってね。晶洞なんかは特に、うちの玄関に飾ったらすごいだろうなーって思ったんだけど、値札を見たらお値段もすごかったよ」

「大きな紫水晶の晶洞は、見た目が美しくて迫力があり、鉱物好き以外からも支持が高いからね。それは仕方がないことさ」

雫の言葉に、「だよねー」と律さんは苦笑した。

「まあ、そもそも、うちの狭い玄関には置けないんだけどね」

「家の中にも、スペースは無いって言ってましたしね」

「そういうこと」と、律さんは僕の言葉に頷いた。

「それにしても、色々な石があったんですね。どんなのがあるか、見に行きたいな」

「それがいい。お店にも、もう一度行ってみることをお勧めするよ。名前は確か、――

『山桜《やまざくら》』だったかな」

律さんが店の名前を口にした瞬間、開いた窓からふわりと、桜の香りが漂ってきたような気がしたのであった。

土曜日になって、あの骨董屋さんが来た。

遠目で見ても、すぐに分かる。作務衣《さむえ》の上に、女性ものと思《おぼ》しき派手な着物を羽織り、下駄《げた》をカラコロと鳴らしてやって来たからだ。

相変わらずの個性的な佇まいで、その目つきも、やっぱり鋭かった。

父が門の前で迎える時、僕は玄関からその姿を見つめていた。こっそりと窺《うかが》っていたつもりだったけれど、直《す》ぐに気付かれてしまった。

「あの時のガキか」

骨董屋さんの鋭い声が、突き刺さる。

彼は不愛想にそう言っただけで、直ぐに興味を失ったように、視線を外した。骨董屋さんは、父に導かれるままに土蔵へ向かったけれど、僕の手のひらは汗でびっしょりだった。

やっぱり怖い。そんな想《おも》いが、僕の心を閉ざしてしまう。

自分の部屋に戻ろうかとも思ったけれど、雫のことが気になったので、父と骨董屋さんについて行った。

「邪魔をしないようにしないと……」

土蔵の扉は開けっ放しだったので、離れたところから、静かに様子を窺うようにした。

骨董屋さんは、父に案内されて土蔵に入ると、脇目も振らずに仕事にとりかかる。

土蔵の中にいた雫が、骨董品を前にして査定の見積もりを出しているところを覗《のぞ》き込んでいたけれど、雫の方を一瞥《いちべつ》しただけで、気にした様子もなく仕事を続けていた。

「あれ？　雫のこと、見えてるのかな」

そう。確かに、骨董屋さんは雫の方を見ていた。しかし、言葉は交わさず、黙々と仕事に没頭していた。

骨董屋さんも、一時的にとは言え、雫の持ち主になっていた。しかし、買い取りもまた、縁になるのだろうか。

「仕事の、邪魔をしてしまったかな」

土蔵から出て来た雫は、外で様子を見ていた僕に声を掛ける。

「骨董屋さん、雫のことが見えていたのかな」

「認識はされていたようだけど、見えていたかどうかは分からないね」

「どういうこと？」

「目の焦点が、僕に合っていなかったのさ」

顔は雫の方を向いたが、視線は雫を通り越して、日本式双晶の方へと向いていたのだという。

「そういうことって、あるんだ……」

「同じ二酸化珪素《けいそ》でも、水晶にもなるし玉髄《ぎょくずい》になったり、オパールにもなったりするからね」

「物事は多様だから、そういうことも有り得るってこと？」

「そういうことさ」

透き通った髪に陽光を反射させながら、雫はにこやかに言った。

「もしかしたら、石精《いしせい》の縁とは別のもので見ていたのかもしれないよ」

「石精の縁とは、別のもの？」

「残念ながら、僕は彼とは、縁が結ばれなかったようでね。しかし、他の石精と縁が結ばれているような感じでもないんだ」

雫は、仕事をしている骨董屋さんの方を用心深く観察する。僕には見えないものが見えているのだろうか。

「石精と縁が結ばれていないのに、石精の気配を感じるなんて出来るの？」

「観察方法は一つではない、ということだね。詳しい話は、彼に聞いてみたいところだけど」

「教えてくれるかな……？」

「上手《うま》く聞けばね」

雫は、僕の方に微笑《ほほえ》みかける。

「もしかして、僕に聞けと……」

「気が向いたらで、構わないよ」

雫はやんわりと肯定した。

「あの人、ちょっと怖くて……」

「彼は仕事熱心で、少し神経質なだけさ」

「その、神経質の辺りが怖いっていうか……」

「僕が興味があるだけだから、本当に、樹の気が向いたらで構わないよ」

強制はしないと言わんばかりに、雫は念を押す。今度は、少しばかり申し訳なさそうな声色だった。

その時、気付いてしまった。それは、雫の初めての我儘《わがまま》なんじゃないかと。

僕は今まで、雫に石の様々なことを教えて貰った。メノウがいなくなった時も励ましてくれたし、日常的な相談ごとにものってくれた。

そんな彼のささやかな要望を叶《かな》えてやれず、いつ彼に恩返しをするというのか。

急に、使命感が湧き上がって来た。僕は「任せて」と雫に言うと、骨董屋さんがいる土蔵の中へと突き進む。

「あの、すいません」

「仕事の邪魔だ」

骨董屋さんは、にべもなく言った。こちらには、全く目もくれなかった。

立ち会いをしていた父に、「樹、ごめんな。今はちょっと、取り込み中だから」と退出を促される。僕は、「すいません……」と頭を下げると、すごすごと雫の元へと戻った。

「ごめん……」

「僕の方こそ、すまなかったね。樹に無理を言ってしまって」

雫は、労《いたわ》るように僕を迎えてくれた。

「いや、タイミングが悪かったんだ。今のは、完全に仕事の邪魔だったし……」

「仕事が終わるまで、待つかい？」

「うーん。でも、この後は買い取ったものを梱包《こんぽう》したり、お店に運んだりするだろうし」

「それじゃあ、改めて後日、彼の店に行くしかないね」

「そうそう。あの人のお店に――って、やっぱりそうなるのか……」

第一印象が恐ろしかったので、どうしても尻込みしてしまう。だけど、律さんもお勧めしていたし、興味はあった。

「彼の店に行くのならば、僕もついて行きたいところだね。あの時は、店の様子がほとんど分からなかったけれど、樹と縁が繋がれている時ならば、色々な発見がありそうだ。律君の言っていたことも、気になるし」

興味津々の雫に、僕は胸を撫《な》で下ろす。雫と一緒ならば、とても頼もしい。

「それに、彼の話を聞いてみたくてね。彼も、鉱物は嫌いではないと思うから」

自分の扱い方がとても上手かったのだと、雫は賞賛する。

雫の本体を持ち帰る時、律さんと僕はかなり苦労した覚えがある。プロとは言え、抱えるほどの大きさの水晶を運ぶのは、容易ではなかっただろう。

僕は改めて、石と骨董品に囲まれて仕事をしている骨董屋さんの方を見やる。

少し怖いけど真剣な眼差《まなざ》しに、何か、思いつめたようなものが見えた気がした。


土蔵にあったものの一部は無事に買い取られ、骨董屋さんの店で次の主を待つこととなった。

その翌日、僕は骨董屋さんの店の前にいた。

空は真っ青に晴れていた。太陽は南中を過ぎて、家々が並ぶ住宅街の通りは、ぽかぽかと春の陽気に包まれている。遠くからは、子供達の遊ぶ声が聞こえていた。

骨董屋さんの店には、古い木の看板が掲げられていて、太陽の下で目を凝らせば、『山桜骨董美術店』と書かれているのが辛うじて分かる。

「創業当時から、掲げられていたものかもしれないね。この店の雰囲気からして、昭和初期の頃に建てられたみたいだけど」

僕の隣で、雫は言った。

「この看板は、新しく作ったり、書き直したりしないのかな。これだと、ここに骨董屋さんがあること自体分からないし……」

「分からせる必要がないのかもしれないよ。主なお客さんは、昔からの常連なのかもしれない。あとは、電話やインターネットでお客さんとやり取りをしているとか」

「通りすがりの人に用はないってこと？」

「冷やかしはお断りなのかもしれないね」

なるほど。あの骨董屋さんであれば、その方針も理解出来る気がする。必要以上に人と関わることを避けようとしそうだ。

「それじゃあ、今まさに見学しようとしている僕はどうなんだろう……。やっぱり、止《や》めておくべきかな……」

決意が鈍る。しかし、雫は「良いんじゃないかな」と気軽に言った。

「樹はお客さんの息子だしね。大目に見てくれるよ、きっと」

「そういうものかなぁ」

あまり、そういう贔屓《ひいき》をしそうな人には見えないけれど、そこまで無下には扱われないと思いたい。

そう自分に言い聞かせて、お店の引き戸をそっと引いた。

ガラララッという音と共に、道が開かれる。店内は相変わらず薄暗く、骨董品で埋め尽くされていた。

「お邪魔します……」

控えめな声で断りを入れながら、店内へ踏み込む。店主の姿はなく、不用心だと思った。

「ああ。でも、ここが骨董屋さんだなんて、分かる人の方が少ないから大丈夫なのかな」

「悪かったな。分かる人の方が少なくて」

不意に聞こえた鋭い声に、僕の心臓は跳ね上がった。

声がした方に目を向けると、カウンターの奥にある通路から、暖簾《のれん》を掻《か》き分けて骨董屋さんが顔を出していた。

「お前か。また、石を買い戻しに来たのか？」

「あ、いえ。その……。今日は、お店の中を見たくて」

「冷やかしならば帰れ」

骨董屋さんは、取り付く島もなかった。その威圧感に負けた僕は、言われるままに回れ右をしそうになったものの、雫がそっと耳打ちをする。

「律君が、鉱物を置いていることを教えてくれたとお言いよ。目的と購入を検討する意思さえ示せば、少しは違うんじゃないかな」

「えっ、あ……！」

僕は成程と頷いて、骨董屋さんに向き直った。

「その、律さんが――知り合いが、このお店に鉱物があるって教えてくれたので、それを見たいなと思って」

「ふん。そういうことか。だが、うちには小僧向けの小さい石はないぞ」

骨董屋さんはぶっきらぼうにそう言いながらも、店の中を案内してくれる。

僕は雫に、「ありがとう」と小声でお礼を言う。雫は、「どういたしまして」と微笑んだ。

通路にまではみ出している骨董品に引っ掛けないように、鞄《かばん》をしっかりと抱いて骨董屋さんに続いた。

「ほら。鉱物ならば、ここだ。うちは骨董品と同じ扱いだから、水石と一緒だがな」

案内された先には、木造のしっかりとした棚があった。それ自体は売り物ではないようで、随分と使い込まれている上に、値札は貼られていなかった。

その棚の上に、石がずらりと並んでいた。

「うわぁ……」

展覧会でもしているかのようなその様子に、僕は思わず駆け寄ってしまった。

一見すると、岩山のように見える風情のある石が、堂々とした姿で佇んでいる。これが恐らく、水石だろう。盆栽にも通じる雰囲気だなと思った。

他にも、手のひらからはみ出るほどの水晶の群晶や、律さんが言っていた紫水晶の晶洞もあった。かと思えば、金色に輝く立方体の石もある。

「現代アートみたいだ。これは、加工したのかな」

「いいや。これは黄鉄鉱《おうてっこう》。硫化した鉄から成る鉱物さ。様々な場所から産出し、美しい立方体を作ることで有名だね」

雫は丁寧に説明をしてくれた。

どうやら、原子の配列の仕方によっては、立方体ではなく五角十二面体になったり、八面体になったりもするらしい。二つの黄鉄鉱が十字架を描くように重なり合う双晶を、十字《じゅうじ》貫入《かんにゅう》双晶といい、こちらはマニアの垂涎《すいぜん》の的らしい。

「天然でこんな形が作れるなんて、すごいね」

「ふふふ。それだけ、自然は偉大だということさ」

雫は嬉《うれ》しそうに微笑む。雫もまた、自然が生んだ奇跡であり、自然は彼の親のようなものだ。褒められて悪い気はしないのだろう。

「おい」

鋭い声が、僕と雫の会話を遮る。振り返ると、骨董屋さんがこちらを訝《いぶか》しげな目で見ていた。

「随分と、大層な独り言だな」

「はっ……！」

そうだった。骨董屋さんに、雫の姿は見えていないのだった。雫と一緒にいる時は、律さんといることが多かったので、すっかり油断していた。

「す、すいません。大声で独り言をつぶやく癖があって……」

雫の存在を主張すれば、話がややこしくなってしまう。ここは、雫には悪いけれど、独り言ということにしておこう。当の雫は一歩下がり、申し訳なさそうな苦笑を浮かべながら、僕のことを見守っていた。

「ふぅん。まあ、いい」

本当にいいのか分からなかったものの、それ以上、追及されなかったことに胸を撫で下ろす。

僕は気が気でない状態で、石のコーナーに視線を彷徨《さまよ》わせた。他にも沢山の石があったものの、最早《もはや》、それを眺めている余裕はなかった。

「あれ？」

奥には、窓があった。北側にあるためか、直射日光が店内に入る様子はない。

窓の外には、桜の木があった。幹はどっしりと太くて、樹齢は相当なものになるだろう。咲き始めたばかりと思われる花がちらほらと窺えたものの、花弁は白っぽく、ソメイヨシノよりも儚《はかな》い雰囲気を醸し出していた。

「あれはヤマザクラだ」

骨董屋さんは、そっけなく言った。

「素敵ですね」

「本当だね。ソメイヨシノとは、また違った美しさだ」

僕の感想に続いて、雫も賞賛する。しかし、骨董屋さんはうんざりした様子だった。

「俺は嫌いでね」

「えっ、そうなんですか？」

「そいつは、俺が店主になる前からそこにあるんだ」

「もしかして、お店の名前の由来になったとか……」

「ご名答」

骨董屋さんは、不機嫌そうに言った。

「その、骨董屋さんは……」

「イスズ」

「えっ？」

「俺の名前だ。骨董屋と呼んでいると、他に骨董屋が現れた時に不便だろ？」

相変わらず不機嫌そうな顔をしているけれど、気を遣ってくれたのだろうか。

『五十鈴』なのか『五十五』や『五鈴』なのか分からないし、苗字《みようじ》か名前かも分からなかったけれど、折角教えてくれたので、イスズさんと呼ぶことにした。

「イスズさんは、どうしてヤマザクラが嫌いなんですか？」

「祖母《ばあ》さんを連れて行かれたからだよ」

返って来たのは、全く予想外の言葉だった。

「それって、どういう……」

「小僧——草薙さんちのご子息は、買い物ではなく与太話をご所望かな？」

「えっと、す、すいません……。石も気になるんですけど、やっぱり僕が買うには大きさも予算も釣り合わないのと、イスズさんの話が気になるというか……」

僕が恐縮のあまり小さくなっていると、イスズさんはかすかに溜息《ためいき》を吐《つ》いた。

「いちいち萎縮するな。最初から、お前が買うことを期待してないから安心しろ。俺は、客には身の丈に合った買い物をして欲しいんだ」

「す、すいません」

「謝らなくていい」

イスズさんが身体《からだ》を動かすと、羽織っている着物の柄がよく見えるようになる。

そこには、見事なヤマザクラが咲いていた。山の斜面全体を、純白と淡い桃色で埋め尽くす、美しい桜の柄だった。

それなのに、ヤマザクラが嫌いというのは、どういうことだろう。しかも、祖母が連れて行かれただなんて、穏やかではない。

「お前がこの店の客でないのなら、俺はお前を客扱いしない」

イスズさんは、きっぱりと言い切った。

「で、お前は客かそうでないのか、どうなんだ？」

「まあ、買い物もしなくて買い取りもお願いしないんだったら、お客さんではないと思います……」

追い出されるのだろうかとびくびくしていたものの、続く言葉は予想外のものだった。

「ならば、俺個人の客として扱う。茶でも飲んで行け。今日は少しばかり、話し相手が欲しい日だからな」

「えっ」

「ちょいと、行き詰まっていることがあってね。――ほら、こっちだ」

イスズさんはそう言うと、僕の返事を待たずに歩き出す。

僕は思わず言葉を失い、雫は「良かったじゃないか。歓迎されているようだ」とイスズさんの意図を要約してくれた。

「は、はい！」

僕はイスズさんの言葉に頷くと、雫と共に彼の後をついて行った。


カウンター横に、使い込まれた木の椅子を置かれた。

「座れ」という言葉に素直に従い、雫と共に待っていると、イスズさんは暖簾の向こうからお盆に載せたお茶を運んで来てくれた。

あたたかいほうじ茶だった。どうやら淹《い》れたばかりのようで、ほっそりとした白い湯気が絹糸のように立ち上っている。

「頂きます」

お茶を一口飲んで、ほっと一息吐く。先ほどまでの緊張感は、だいぶほぐれた。

「さて。ヤマザクラの話だったか」

「ええ。お祖母さんが連れて行かれたって……」

イスズさんは、自分の湯呑《ゆの》みを傾けながら、「ああ」と頷いた。

「この店は昔、俺の祖父が経営していた。だが、病死しちまってな」

「そうだったんですか……」

「父親は会社勤めをしていたから、店を引き継ぐのは現実的じゃなかった。俺も、当時は学生でね。そこで、祖母が継いだのさ」

イスズさんのお祖母さんは、夫との思い出の店を閉めたくなかったのだという。店は夫婦が二人三脚で経営していたようなものだったので、店主が何をすべきかはちゃんと知っていた。

それからというもの、お祖母さんは夫が座っていた椅子にのんびりと腰掛けて、店番をするようになったのである。

「祖父母は本当に仲が良かったんだ。祖父が死んだ時の、祖母の塞ぎようは酷《ひど》いものだった」

「それは……」

大切な人を亡くした時の気持ちは分かる。僕も、祖父と愛犬のメノウを亡くしているから。

蘇《よみがえ》った胸の痛みを堪《こら》えつつ、僕は続きに耳を傾けた。

「だが、祖父の店を継ぐと決めてからは、祖母は毎日がとても楽しそうだった。あの時の祖母の様子は、今でも目に焼き付いている」

イスズさんのお祖母さんは、お祖父《じい》さんが大切にしていたものを、まるで本人に接するかのように大事にしていたという。

この店だけでなく、裏手のヤマザクラも含まれていた。

ヤマザクラは、イスズさんの祖父が店を始めた時に植えたものらしい。この時期になると、祖父母は揃《そろ》って花見をしたのだという。

祖母にとって、大切な思い出の一つだった。

「ヤマザクラは、祖母が手塩に掛けて世話をしたお陰で、毎年、祖父が大事にしていた頃よりも美しい花を咲かせるようになった。俺はいつの間にか、そいつを見るのが好きになっていた。その、矢先の出来事だ」

イスズさんのお祖母さんが、忽然《こつぜん》と消えてしまったのは。

一家総出で、お祖母さんの行方を探した。警察にも届け出て、近所には尋ね人の貼り紙もした。

しかし、お祖母さんは見つからなかった。

「失踪した時、ヤマザクラの下に祖母の着物だけが落ちていた。特別な日にしか着ない、お気に入りのこの着物がな」

イスズさんは、自分が羽織った着物に視線を落とす。

室内なのに、風がすうっと僕の傍《そば》を横切る。桜の強い匂いが、僕の鼻先をかすめたような気がした。

「ヤマザクラの下に着物だけが落ちていたのを見た時、俺は悟ったよ。ああ、桜が祖母を連れて行ったのだなと」

「お祖母さんは、まだ見つかってないんですか？」

「ああ。手掛かりも何もない」

「じゃあ、本当に桜に連れて行かれて……？」

僕の顔から血の気が引くのを感じる。すると、イスズさんはふっと笑った。

「お前は素直でお人好《ひとよ》しだな。こんな話を信じるなんて」

「えっ、それじゃあ、今のは嘘《うそ》……？」

「いいや」

そうであって欲しいという願望を、イスズさんは首を横に振ることで打ち消した。

「祖母が行方不明で、何の手掛かりもなく、不可解なことに桜の下に俺が着ているこの着物があったということは、本当だ。桜に連れて行かれたかもしれないというのは、俺の妄想だがな」

「妄想だなんて……」

「だが、有り得ないだろう？」

イスズさんは、苦笑を浮かべてみせる。

だけど、僕は「いいえ」とハッキリ答えた。

「世の中は多様性があるので、そういうことも有り得ると思います」

「ほう。子供の割には、難しい言葉を知っているな」

「友達の受け売りですけど……」

僕は、雫の方を見やる。雫は、にこやかに微笑み返した。

「大抵の相手は、俺が考えた怪談だと思い、わざとらしく驚いたり、怖がってみせたりと、相応のリアクションをするんだがな。この反応は新鮮だ。それだけでも、お前に話してみて良かったよ」

イスズさんは、湯呑みに口をつける。

「イスズさんは、待ってるんですか？」

「何を？」

「お祖母さんが、帰って来るのを」

イスズさんは、お祖母さんが残していった着物を羽織り、お祖母さんが置いて行った店を守っている。

「そうなのかもしれないな」

イスズさんは曖昧に応えながら、お茶を啜《すす》った。

「帰って来ると……いいですね」

「ありがとよ」

Boys in Crystal Garden 2 | Memories of Cerasite

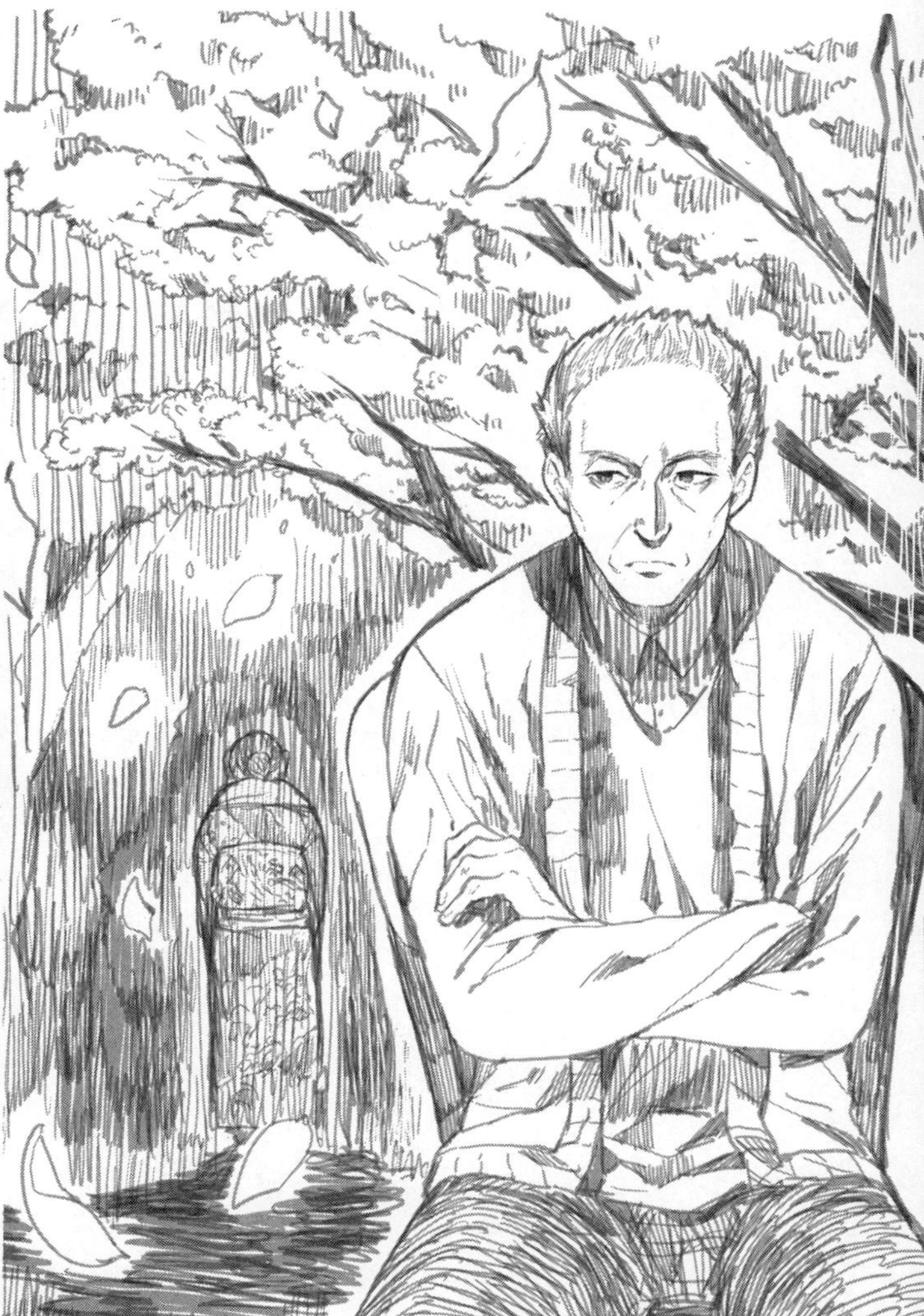

どう声を掛けて良いか分からなかった僕の口からは、拙《つたな》い慰めの言葉しか出てこなかった。だけど、イスズさんはそれを受け止めてくれた。

お祖母さんがいなくなってしまった原因で、一番考えられるのは、事件に巻き込まれたということだろう。きっと、警察はそれを前提に今も動いているはずだ。

だけど、本当にヤマザクラがお祖母さんをさらってしまったのだとしたら、残された家族に出来ることは、祈ることくらいか。

店内を沈黙が支配する。湯呑みから立ち上る白い湯気が、ゆるゆると古い天井に昇って行った。

「あ、あの」

沈黙に耐えられなくなった僕は、次の話題を探す。

「イスズさんは、石は好きなんですか？　鉱物とか、水石とか……」

「いいや。しばらくは見たくないね」

ピシャリと放たれた言葉に、僕より先に雫が目を丸くした。

「どうしてだい？　あの棚の陳列には、確かに愛情が感じられた。ないがしろにしている気配はなかったのだけれど」

雫の疑問を受け取り、僕はイスズさんに尋ねた。

「えっと、どうしてですか？　さっき見せて貰った石のコーナー、とても良い感じだったのに……」

「仕事だからだ。買い取った石を並べるのも、お前の家に行って鉱物を査定して買い取ったのも、仕事だからやっているんだ」

「扱いが丁寧なのも、仕事だから……？」

雫が、イスズさんの鉱物の扱い方を褒めていたことを思い出す。イスズさんは、「そうだ」と頷いた。

「と言っても、元々石が苦手だったわけじゃない。今は偶々《たまたま》、ウンザリしているだけだ」

「ああ、そういうことか」

イスズさんの言葉を聞いた雫は、安心したように胸を撫で下ろした。

「一体、どうして」

「厄介な品物を入荷しちまってね。それを持て余しているわけさ」

「厄介な品物ってどんな？」

僕が尋ねると、イスズさんは僕を、そして雫の方を凝視する。雫はその視線に気付いて手を振ってみせるものの、イスズさんが気付いた様子はなかった。

「そこに何か、見えますか？」

「いいや」

イスズさんは首を横に振ってみせるものの、僕と雫の方を交互に見つめる。本当に見えていないのだろうかと疑いたくなるくらい、イスズさんが視線を向ける先は正確だった。

「樹」

そんな時、ふと、雫が僕の名を呼んだ。

「この店から、石精の気配がする」

「えっ、石精の？」

先ほどの石のコーナーからだろうか。思わず振り返る僕に、雫は「そっちじゃない」と言った。

「店の奥だ」

雫の白くて長い指が、イスズさんの背後を指さす。暖簾の向こうには、薄暗い廊下が続いていた。

「あの、お店の奥に石を保管してるんですか？」

僕のことを訝しげに見ていたイスズさんに、単刀直入に問う。すると、イスズさんはしかめっ面のまま答えた。

「ああ。まだ荷ほどき出来ていないものと、返品されたものがあってな」

「返品って、もしかして、さっきの……」

「厄介な品物さ」

イスズさんは、眉間にぎゅっと皺《しわ》を寄せる。

「何故《なぜ》、店の奥に保管されていると思った？」

「それは、何と言うか、気配がしたというか……」

雫の言葉を借りながら、もごもごと答える。普通であれば、絶対に信じて貰えない理由だ。

しかし、イスズさんは、「成程ね」と椅子の背もたれに背中を預けた。

「お前はどうやら、俺よりも霊感が強いらしい」

「霊感……ですか？」

「そこにも、俺には見えないものがいるんだろう？」

イスズさんは、雫の方を顎《あご》で指す。

「そういうことか」

顎で指された雫は、何かを察したらしい。きょとんと目を丸くしている僕に、そっと耳打ちをした。

「彼はどうやら、霊的なものが見える体質のようだね」

「えっ。イスズさんは、霊能力者なんですか⁉」

僕の問いかけに、イスズさんは少しばかりうんざりしたような顔をした。

「そんな大したものじゃない。多少、普通の人間に見えないものが見えるだけだ」

「いや、すごいですよ。実在してるんですね、そんな人……」

「多様性があると言ったのは、お前だろ？」

そう言われてしまっては、何の反論も出来ない。思わず黙り込んでしまった僕に、雫は苦笑を漏らした。

「石精との縁が繋がっていないのに、彼が僕の気配に気付いたというのは、彼に霊感があってのことだったようだね」

「それじゃあ、雫は霊的なものってこと……？」

「石精は精霊のようなものだからね。そう言っても間違いではないよ」

「まさか、石精と縁が繋がっていないのに、石精の気配を感じ取る人がいるなんて……」

「モース硬度計を用いなくても、鉱物のモース硬度を計れる人もいるようだからね」

「えっ。それも相当すごいのでは……」

モース硬度とは、鉱物の硬さを十段階で評価したものだ。鉱物の種類によってモース硬度が異なり、その石が何の鉱物かを同定する時に、モース硬度計を使うことがある。

因《ちな》みに、雫の本体である石英の硬度は七で、鉄よりも硬い。

「指先でモース硬度が計れるというのは、正に職人の指さ。ハンドメイドやクラフトをしていて、多くの石を頻繁に触る人が、そうなるようだね」

「お話し中らしいところ悪いが――」

イスズさんの言葉が、雫の話を遮る。

「お前と、俺には見えないやつの話を、俺にも教えてくれないか？　俺には、お前の声しか聞こえなくてね」

「あっ、すいません」

僕は慌てて、イスズさんの方に向き直る。雫もまた、僕に倣《なら》ってイスズさんの方へと身体を向けた。

「石精とか言ったな。それが何なのか、教えて貰ってもいいか？」

「えっと、石に宿る精霊のようなものです。その石と縁がある人には、見えるようになるんです。あと、他の石精と縁が繋がっている人も、石精が見えるようになるんですけど……」

「お前の話の流れからして、お前は石精と縁が繋がっているということか」

「そうですね。霊感があるわけではないんです……」

「ふぅん」

イスズさんは少し考え込んだかと思うと、唐突に立ち上がった。

「待っていろ」と言い残すと、イスズさんは暖簾を掻き分け、奥へ消えてしまう。

店内には、僕と雫が残された。

「大丈夫だった？　勝手に石精のことを話しちゃって」

　僕は雫に問う。しかし、雫はあっけらかんとしていた。

「問題無いよ。僕が説明したいくらいだったのだけど、彼には聞こえないからね」

「イスズさんは、霊感があって石と接する機会が多いのに、どうして石精と縁が繋がってないいんだろう」

「石精との縁と霊感は、あまり関係無いのかもしれないね。確かに、霊感があった方が石精の気配を捉え易《やす》いかもしれないけれど、縁を結び易いわけではないんだよ」

「そっか。その二つは別次元の話なんだ……」

「石と接する機会が多くても、彼は飽くまで商売をしているわけだからね。お客さんと石との縁を結ぶ手助けはしているけど、自分が縁を結ぼうとは思わないんじゃないかな。それも、彼が縁を結べていなかった理由の一つかもしれない」

「あっ、そういうことか……」

「彼も、個人的に石を集めるようになったら、縁が結ばれると思うのだけど」

「……どうなんだろうね」

　石をしばらくは見たくないと言っていたけれど、本来は石が嫌いなわけではないという。

　イスズさんはぶっきらぼうだけど、悪い人には見えない。石精と縁が結ばれたら、とても良い関係になりそうだ。でも、今のイスズさんに、そんな余裕はあまり感じられなかった。

「仕事のことと、お祖母さんのことが大変そう」

「それは確かに。仕事もまた、お祖母さんにまつわることの一つだしね」

店を守り、祖母を待つ。そうしている間は、石とも縁を結びたがらないのではないかと思った。

「待たせたな」

奥からイスズさんが姿を現す。手には、小さな桐箱《きりばこ》を持っていた。

「その中に、石が？」

「ああ。曰《いわ》く付きの、な」

イスズさんは桐箱をカウンターの上に置いてくれたものの、その周りはどんよりと空気が濁っているように見えて、触る勇気が湧かなかった。その一方で、雫は桐箱の間近までやって来て、興味津々に見つめている。

「えっと、どんな曰くがあるんですか？」

僕は恐る恐る尋ねる。

「黄昏時《たそがれどき》になると、この石を置いた部屋に幽霊が出る。――とこの石を返品した客から言われた」

「幽霊……」

思わず、固唾《かたず》を呑んだ。

黄昏時というのは、夕方の陽《ひ》が沈む頃で、向こうにいる人の顔が判別し難《にく》くなり、「誰《た》そ彼《かれ》」となる時間だという。

「幽霊というのは、基本的には丑三《うしみ》つ時に特定の人物の前に現れるということになっている。黄昏時に、場所や物をベースに現れるのは妖怪でな」

「じゃあ、この石には妖怪が？　ああでも、今までの話の流れを考えると、もしかして」

「石精、かな」

桐箱を見つめていた雫が、ぽつりと言った。

「姿は見えないけれど、気配は感じるね」

「そっか。幽霊だって言われてたけど、実は妖怪というか、石精だったっていう……」

僕が感じていた淀《よど》んだ気配が、かなり薄れたような気がした。

「まあ、石精が精霊の類《たぐい》なら、妖怪みたいなものだろ。アイヌのコロボックルや琉球《りゅうきゅう》のキジムナーだって、妖怪の枠にぶち込まれてるんだ」

イスズさんが挙げたその二つは、どうやら精霊の類らしい。それを聞いていた雫は、「成程。彼らと一緒かぁ」と納得していた。

「因みに、イスズさんはその幽霊というか妖怪というか、石精を見たんですか？」

「ハッキリとした姿は見えないが、ぼんやりとなら知覚した」

桐箱の中の石を買った人もまた、ハッキリとした姿は見なかったのだという。しかし、黄昏時になると、石の置いてある部屋を歩き回る気配がしたり、閉めたはずの扉や閉め切っていたはずの障子が開いていたりするのだという。

「確かに、幽霊っぽいですね……」

率直な感想を漏らす僕の横で、雫は何やら考え込んでいた。

「扉や障子が開いているということ以外は、無かったのかな？」

雫はぽつりと疑問を口にする。僕はそれを、イスズさんに問いかけた。

「いや、聞かないな。俺のところに来てからも、それ以外の現象は見られない」

「さらりと言いましたけど、イスズさんの家でも怪現象が起こっているんですね……」

「こいつと話でも出来れば良かったんだが、全くのお手上げでな」

イスズさんは、文字通り両手を挙げてみせる。

そういうことか。イスズさんは、返品されたその石と向き合い、曰くを解消しようとしていたのか。

だけど、相手は石精で、イスズさんは石精と縁が結ばれていなかったから、コミュニケーションを取れなかったのだろう。

「イスズさん、勇気がありますね」

「何故」

「曰く付きの品物を自分でどうこうしようなんて、あんまり考えないと思うんですよ。僕だったらきっと、お寺に持って行っちゃうでしょうし」

「まあ、坊さんは専門家だからな。餅《もち》は餅屋というように、坊さんに頼むのが正解かもしれない」

イスズさんはそこまで言うと、「だが」と続けた。

「キリがないんだ」

「キリがない？」と僕は耳を疑う。

「曰く付きは、これだけじゃない」

その言葉に、店の中の——いや、この建物全体の空気がのしかかるように重くなるのを感じた。

「えっ、他にも曰く付きがあるんですか？」

「今、この店にはこいつだけだがな。だが、今までに、掛け軸から幽霊が抜け出す幽霊画とか、夜になると死臭がする葛籠《つづら》とかを買い取ったことがある」

「死臭の葛籠は、ヤバそうな気配しかないですね……」

僕は、改めて桐箱を見つめる。

桐箱の大きさは、丁度手にすっぽりと収まる程度だ。そう言えば、うちでは僕のへその緒を、このくらいの桐箱に保管してると、母が言っていた気がする。

「へその緒とか、入ってませんよね」

「石って言っただろうが。へその緒なんて、うちでは扱わないぞ。河童《かっぱ》の干物は扱ったけど」

河童の干物とやらが気になったけれど、その時にはもう、イスズさんは桐箱の蓋に手をかけていて、それどころではなくなってしまった。

「ほら、これが曰く付きの石だ」

桐箱の蓋が取り除かれる。中の石が現れた瞬間、僕の恐れは消し飛んだ。

「わぁ、可愛《かわい》い……」

「桜石《さくらいし》だね」

雫の言った鉱物名が、言い得て妙だと思った。

桐箱の中には、白い布の上に丁寧に置かれた、桜の花の形をした石が入っていた。大きさは小指の爪の先くらいで、ウッカリ落としてしまったら、何処かに紛れてしまいそうだった。

桜の形をしたその石は、全体的には茶色味を帯びた白色なのだけど、見る角度によって、表面がうっすらと淡紅色に色づいているように見えた。

「『桜石。京都府亀岡市《かめおかし》湯ノ花《ゆのはな》にて』と書かれている」

イスズさんは、蓋の裏に貼られたラベルを読み上げた。

「それ、きっと産地ですよね。こんなに風流な石が採れるなんて」

流石《さすが》は京都、と思わず賞賛する。

「少しばかり調べてみたんだが、こいつは国の天然記念物に指定されているらしいな。今は、その場所で採集が出来なくなっている」

「そうなんですか。でもまあ、そうしないと採り尽くされちゃいそう」

見れば見るほど、不思議な石だった。

六枚の花びらが均等に並び、雄しべや雌しべがある花の中心も存在している。ソメイヨシノの花びらは五枚だった気がするけれど、ぼんやりと思い描く桜のイメージを、そのまま石にしたみたいだった。

「この桜石は、菫青石《きんせいせき》の仮晶《かしょう》なんだ」

「菫青石？」

僕は、雫の解説に耳を傾ける。イスズさんもまた、僕の視線を追って雫の方を見やった。

「菫青石は、アイオライトと呼ばれる美しいものが有名だね。アイオライトは、一見すると美しい青紫色の石なんだ。ところが、角度を変えて見てみると、黄色に見えるんだよ。多色性が顕著な石というわけだね」

「へぇ。でもこの桜石は青紫じゃないみたいだけど……」

「桜石と呼ばれる菫青石は、かなり特殊なんだ。仮晶というのは、外形は元のままの石だけれど、中身は別の石に変化したというものでね」

「それじゃあ、菫青石の仮晶ってことは、元菫青石ってこと？」

「そういうことさ」

雫曰く、まずは、菫青石の結晶が熱変成を受けた粘板岩中に出来、それが雲母《うんも》や緑泥石《りょくでいせき》に変質した結果、桜石になるのだという。元々は母岩がしっかりと桜石を包んでいたそうだが、それが風化して、桐箱の中の石のように桜の形だけが残されるとのことだった。

「ざっくりと説明すると、そんな感じかな。花びらのようになるのは、インド石が起因しているとも言われているね」

僕は、雫の解説をイスズさんにも伝える。すると、イスズさんは「ほう」と納得した。

「特殊な成り立ちだからこそ、天然記念物になるということか。産出する場所が桜天満宮《さくらてんまんぐう》というところだから、菅原道真公《すがわらのみちざね》の所縁《ゆかり》の石としても有名らしいしな」

「そう考えると、何だかご利益がありそうですね。高校受験も、桜石を持っていたら受かるかも」

「そこは、本人の努力次第だろう」

イスズさんは、ごく真っ当な大人の意見をくれた。

「石に頼りっぱなしではいけないけれど、自分で努力をしたうえで尚《なお》、不安が残るのだったら、お守りに持っていても良いかもしれないね」

雫は、やんわりとフォローをしてくれた。雫は優しい。

「まあ、僕の高校受験のことはともかく。この桜石には石精が宿っていて、黄昏時になると部屋の扉を開けたり障子を開けたりするってことですよね」

「ああ。そういうことになりそうだな」

改めて、桜石に視線を落とす。

可愛らしい佇まいからは、とても曰く付きだとは思えない。だからこそ、この石を購入した人がいたのだろう。

「今は石精の姿が無いけど、誰かと縁が繋がっていたりするのかな」

「どうだろうね」

雫は、深刻な顔で言った。

「今は繋がっていないからこそ、存在が希薄なのかもしれない。だから、物質と概念の境界が曖昧になる黄昏時にしか、浮世に干渉が出来ないという可能性があるね」

「縁が、今は繋がっていない？」

僕は、イスズさんに視線を向けた。イスズさんはどうやら、僕の言わんとしていることを察してくれたらしい。カウンターの下から、分厚い帳簿を取り出して、ページをめくって何やら探し始めてくれた。

「この石の元の持ち主は、もういない。それは、遺品整理で引き取ったものだ」

「あっ……」

僕は思わず声をあげ、雫は目を伏せる。

元の持ち主がいなくなってしまったというのは、雫と同じだ。だけど、雫は引き継ぐ人間がいて、この桜石にはいなかった。

「それじゃあ、新しい主を探すために、さまよい歩いているのかな」と僕は呟く。

「だが、気配が部屋の外にあったという話は聞かない」

イスズさんは、そう補足した。

「もしかしたら、扉や障子を開けるので精一杯なのかもしれないね」と、雫は心を痛めるように言った。

「今のままでは、埒《らち》が明かなくてな。こいつの訴えることが分かれば、俺にも出来ることがあるかもしれないが」

イスズさんは、眉根を寄せながら桜石を見やる。

桜石の石精の気配を感じる度に、訴えを聞こうと努力したのだろうか。それこそ、何回も何日も、接触しようと試みたのだろうか。

仕事熱心なイスズさんであれば、有り得ることだ。だけど、イスズさんは縁が無くて、石精の声が聞こえなかった。

どうにかしたい。僕は心の底からそう思った。

雫の方を見やると、目が合った彼は、にっこりと微笑んだ。まるで、僕の背中を押すように。

「イスズさん。石精は、毎日、黄昏時に現れるんですか？」

「そうだな」

「それじゃあ、僕が話を聞いてみます。しばらく、ここにいてもいいですか？」

イスズさんの顔を、真っ直《ま す》ぐ見つめる。イスズさんは少し面食らったような顔をしたものの、「分かった」と頷いてくれた。

「悪いな。何か必要なものがあったら、遠慮なく言ってくれ」

「えっと、特にはないです」

「茶のおかわりは？」

「それは、ちょっと欲しいです……」

湯呑みは、すっかり空になっていた。イスズさんはひょいとそれを手にすると、「待ってろ」と言って席を外そうとする。

「草薙さんに連絡をしておこうか？」

「うちの親に、ですか？　夕飯前に帰れるならば、帰宅時間をメールしておけば大丈夫です。それに、親は石精のことを知らないですし……」

　僕は思わず言い淀む。

　それどころか、霊の類をあまり信じていないはずだ。イスズさんが霊感体質だという話ですら、全く相手にされない可能性がある。イスズさんは、それを見透かしたかのようにに目を細めた。

「『学校の課題で骨董品を調べる必要があったから骨董屋さんに居る』か『お祖父ちゃんの遺品整理をするにあたって、骨董品について調べたかったから骨董屋さんに居る』か、好きな方を選べ」

「お、大人の方便だ……！」

　イスズさんの口から、あまりにもさらりと出て来たことに驚いてしまう。

「それじゃあ、もし遅くなりそうだったら、遺品整理の方で親に連絡をして頂けると助かります……」

「分かった」

　イスズさんはそう言って、今度こそ奥へ引っ込んだ。

再び、店の中に残された僕は、雫と顔を見合わせる。

「彼はいい人じゃないか」

雫は、奥の廊下と店を隔てる暖簾を眺めながら、にこやかに微笑んだ。

「味方にすると頼もしいタイプって、こういうことを言うんだなって思ったよ」

雫に全面的に同意をしながら、僕は店内の骨董品を眺めつつ、イスズさんが戻って来るのを待ったのであった。


日が落ちるまで、雫と石のコーナーを眺めていることにした。

ラベルが添付されている石と、そうでない石があったので、そうでない方は雫がどんな石かを丁寧に教えてくれた。水晶のように透明な石も沢山あったけれど、黄鉄鉱のように金属光沢を放つ石も多い。

秩父鉱山で採掘されたという、僕の顔面ほどの大きさの黄銅鉱《おうどうこう》もあった。黄銅鉱は、黄鉄鉱によく似た金属鉱物だったけれど、銅が含まれているためか、真鍮《しんちゅう》のような輝きの黄鉄鉱よりも柔らかい色合いだった。

「そろそろ、時間かな」

雫は、窓の外を眺めながら言った。

ヤマザクラは、すっかり黄昏色に染まっている。昼間の可憐《かれん》さとはまた違って、何処か妖艶な雰囲気を醸し出していた。

枝が風にそよぐ様子は、手招きをしているようだ。そのまま吸い寄せられてしまいそうだと思って、慌てて目をそらした。

「時間だ」

イスズさんが、少し緊張した面持ちでやって来た。

桜石は、いつも保管している部屋に戻してある。保管場所などの条件を変えたら、石精が出てこない可能性もあったからだ。

「深追いはするなよ」

イスズさんはそう言って、僕達を店の奥へと案内してくれる。

暖簾をくぐると、そこは薄暗い廊下だった。建物全体が古いようで、廊下は歩く度にギシギシと軋《きし》む。

それほど歩かないうちに、件《くだん》の部屋に辿《たど》り着いた。障子が閉め切られていて、中の様子は見えない。夕刻であるせいか、明かりがない部屋の中はどんよりと暗かった。

「曰く付きの品物を置く場所だ」

「曰く付きを……」

僕は、自分の声が強張《こわば》っているのに気付く。

「安心しろ。今は、あの桜石以外にはない」

でも、死臭がする葛籠を保管していた場所なんでしょう、という余計な一言は呑み込んだ。今は、集中すべきことがある。

廊下から、障子の様子をじっと見つめる。窓から射す夕陽は、橙《だいだい》色から赤へと変わり、辺りの闇は一層濃くなっていく。

「……なかなか、開きませんね」

「見られているのに、気付いたのかな？」と雫もまた、僕達と一緒に障子を監視していた。

だがその時、イスズさんが「しっ」と唇に指を当てた。

辺りに緊張が走る。見ると、障子の隙間は、いつの間にかほんの少しだけ開いていた。

「あれ？」

「障子は、きっちりと閉めたはずだ。お前も、それを見たよな？」

イスズさんは、障子から目を離さずに言った。僕は、「え、ええ」と頷く。

その隙間の向こうは、じっとりとした闇が広がっていた。僕が石精を捉えようと身を乗り出した瞬間、隙間からぬっと白いものが出て来た。

「うわあああっ！」

とっさに叫んでしまう。隣にいたイスズさんは、ぎょっとした。

「何かいたのか？」

「し、白いものが」

「白いもの？」

イスズさんは目を凝らすものの、どうやら、よく見えないらしい。僕の気持ちを落ち着かせるように、雫は背中をそっと撫でてくれた。

「樹。落ち着いて。深呼吸をしてごらん」

雫に言われるままに、深呼吸をしてみる。「次はよく見て」と促され、改めて、闇の中に浮かんだ白いものを見やった。

それは、指だった。繊細な指先が、辛うじて障子の隙間から出ている状態だ。しかし、その指先は虚空を摑《つか》んだかと思うと、遠慮がちに引っ込められてしまった。

「外に、出ようとしている……」

雫がぽつりと呟くように言った。

「それじゃあ、出してあげた方が良いのかな」

僕は、イスズさんに確認しようと、視線を向ける。イスズさんは「構わん」と頷いた。

「お前がやりたいようにするといい。ただし、常識の範囲内でな。店が壊れたら、その分は弁償だ」

「流石に、壊れるようなことはしません……」

僕はそう言うと、雫と共に障子の元へと行く。頼りなげなその隙間は、途中で力尽きたようにも見えた。

障子に手をかけると、雫と顔を見合わせる。雫が頷いたのを合図に、僕は障子を引いた。

ひんやりとした空気が、開け放たれた入り口から広がった。

書斎に使われていたのか、小ぢんまりとした座敷だった。申し訳程度に文机《ふづくえ》があり、その上に、あの桐箱が置かれている。

「石精は……？」

「樹。そこだ」

部屋に恐る恐る踏み込んだ僕は、雫に促されて障子のすぐそばを見やる。するとそこには、着物姿の希薄な人影があった。

「うわっ……！」

幽霊のような佇まいに、思わず声をあげてしまう。

その人物は、淡紅色の長い髪を垂らし、障子に寄りかかるようにしてうつむいていた。肌は色白であったが、唇には桜のように淡い紅が差してあった。

中性的で、作り物のように整った容姿を前にして、相手が石精であるという確信が持てた。

「す、すいません。びっくりしちゃって……。その、大丈夫ですか？」

「君には私が見えるのかい？」

　風が吹けば、それに乗って飛んで行ってしまいそうなほど儚い相手は、僕の目をじっと見つめてそう言った。

「え、ええ。えっと、桜石の石精、ですよね？」

「ああ、そうだよ。私をここから出しておくれ。あの人に会いたいんだ」

　石精は、声をかすれさせながら僕にすがりつく。僕は、雫と顔を見合わせた。

「もしかして……」

　あの人とは、元の持ち主のことだろうか。持ち主が亡くなってしまったことを、この石精は知らないのだろうか。

「私は、ずっと数えていたんだ。最後にあの人の晩酌に付き合ってから、今日で三百六十五日。そろそろ、一緒に桜を見る時期なんだ」

「毎年、一緒に花見をしてたんですか」

「ああ、そうさ。あの人が若い頃から、ずっと」

　石精は、懇願するように僕を見つめる。

「私を、どうかあの人のところに帰してくれないか」

「そ、それは……」

「もしかして、私はあの人に捨てられてしまったのかい？」

石精の美しい貌《かお》が、悲しみに歪《ゆが》む。僕は、どんな言葉を掛けて良いのか、分からなかった。

「どうした。何か問題でもあったか」

イスズさんの声が掛かる。僕は、石精が言ったことをイスズさんに伝えた。

「……成程な」

イスズさんは納得したように頷くと、一思いに座敷へと踏み込んだ。そして、目を凝らして部屋の中を見回し、桜石の石精の気配を突き止めた。

「石精とやらは、ここだな」

「は、はい」

僕は、ハラハラしながら成り行きを見守る。僕の隣で、雫は「大丈夫」と言った。

「彼に、任せてみよう」

「う、うん……」

石精は、驚いたような顔でイスズさんを見つめていた。イスズさんは、じっと石精を見下ろしていた。

「残念だが、お前の主はこの世にはいない」

「な……っ」

石精は言葉を失う。白い肌が一層白くなり、姿が透けてしまうのではないかというほど、気配が希薄になった気がした。

「イスズさん……！」

「お前は、骨董屋に引き取られたということさ。お前の持ち主の家族がそうした。つまりは、持ち主はお前をずっとそばに置いていたということだ」

「あっ……」

僕と石精は、声をあげる。

真っ白だった石精の頬に、ほんのりと赤みが差したように見えた。

「まあ、鉱物標本としては、生前に引き取り先を決めちまった方がいいんだろうけどな。学術的な価値があるものは、その価値が分かる人間のところに行くのが一番だ。だが、お前は、お前の持ち主が最期まで離したがらなかったようだ」

「主は、私をずっとそばに……」

「まあ、その持ち主も今は墓の下なんだろう。お前も俺も、遺された側ということか」

イスズさんはそう言ってから、「今のは余計だったな」と舌打ちをする。お祖母さんを失った自分と、重ねてしまったことにバツの悪さを感じたらしい。

「……お前の持ち主はいないが、桜ならある。見るか？」

イスズさんは、石精に尋ねる。石精はイスズさんの顔を見つめると、静かに頷いた。

「桜、見たいそうです」

僕が石精の意思を伝えると、「そうか」とイスズさんは頷き、文机の上の桐箱をそっと手に取った。

「ついて来い」

イスズさんは、桜石が入っている桐箱を手にし、羽織っている着物を翻して、石精を先導する。石精は、長い髪を揺らしながら、おずおずとその後について行った。

僕と雫も、その後に続く。イスズさんは一度も振り返ろうとはせず、店の外に出て、裏手にあるヤマザクラの元へとやって来た。

「ああ……」

石精は、感嘆ともとれる溜息をもらす。

日は、落ちたばかりだった。夜の帳《とばり》が下りる中、淡い色のヤマザクラは街灯の光を受けて、ぼんやりと輝いていた。

不意に、強い風が吹く。散らされた無数の花びらは、吹雪《ふぶき》のように空へと舞った。

「ああ。そこで待っていたのかい」

石精はそう言って、顔を綻ばせる。桜の木の下には、人影があった。

もしかして、石精の元の持ち主だというのだろうか。僕がその人影をよく見ようとしたその時、再び、風が吹いた。

「あっ……」

思わず閉ざした目を、そっと開く。するとそこは、桜の森だった。

辺り一面、ヤマザクラで埋め尽くされていた。空には月も星もなく、周囲には街灯もなかった。

しかし、ヤマザクラはうっすらと輝いていた。それ自体が、光を発しているかのように。

「祖母さん……」

イスズさんが、桜の下を見て目を見開く。

桜の下には、イスズさんが羽織っている着物と同じ柄の着物を着た、お婆《ばあ》さんが佇んでいた。穏やかな微笑みを浮かべ、イスズさんのことを見守っている。

イスズさんは、それをしばらく見つめていた。お婆さんもまた、イスズさんのことを黙って見つめていた。

桜の花びらが降り注ぐ中、先に口を開いたのはイスズさんの方だった。

「祖母さん。あんたは今、寂しくないのかい？」

その言葉には、イスズさんの想《おも》いが込められているようだった。

失踪してしまった彼女が、一体何処に行ったのか。失踪してしまった日、一体何があったのか。聞きたいことは沢山あったのだろうけど、イスズさんが本当に聞きたかったのは、お祖母さんの今の気持ちだったのだろう。

お祖母さんは、笑い皺を深く刻みながら、穏やかな顔で頷いた。その隣には、老紳士が寄り添っていた。輪郭や目元がイスズさんによく似ているから、祖父なのかもしれない。

それを見たイスズさんは、ふっと笑った。

「祖父さんに会えたのか。そいつは良かった」

強い風が吹き、桜の花びらが辺りを覆う。

僕は思わず、目の前をひらひらと漂う花びらを摑んでみたものの、思っていた以上に硬かった。

「これ、花びらじゃない……？」

「どうやら、雲母のようだね」

雫もまた、花びらのようなそれを手にする。花びらのように薄いそれは、ひらひらと舞う度に、優しく煌《きら》めいた。

雲母は鉱物の一種だ。結晶構造が層状になっていて、一方向に完全な劈開《へきかい》があり、紙のように一枚一枚剝《は》がせるというのが特徴の石だという。

「そうか。これは桜石なんだ……！」

桜石は、菫青石が雲母や緑泥石へと変わったものだ。この一面のヤマザクラは全て、六枚の花びらを持つ桜石だったのか。

花びらのような雲母を巻き上げていた風が強くなる。それはあっという間に、視界の全てを覆い尽くしてしまったのであった。

桜石の石精は、ヤマザクラが見える店内で、次の主を待つことになった。

怪現象の原因が分かり、その原因たる石精もまた自分なりに納得したようで、桜石は曰く付きという代物《しろもの》ではなくなった。

「世話になったな」

翌日、『山桜骨董美術店』の様子を見に顔を出した僕に、イスズさんは言った。

「いえ、僕は何も……。最終的に解決へ導いたのは、イスズさんの行動力でしたし」

「ガキのくせに謙遜するな。礼くらい受け取っておけ」

イスズさんはぶっきらぼうにそう言うと、僕に菊ヶ瀬《きくがせ》の栗最中《くりもなか》をくれた。世田谷区の喜多見《きたみ》にある老舗《しにせ》の和菓子屋さんで作られたこの最中は、大納言餡《だいなごんあん》の中に栗がごろんと入っていて、僕も好物だった。

「これは……？」

「嫌いならば、別のものを用意するが？」

「い、いえ。寧《むし》ろ大好きなんですけど、どうして僕に」

「俺は、借りを返さないと気が済まない性質《たち》でね」

「はぁ……」

　律儀だなと思いながらも、栗最中はしっかりと受け取る。

「正直言って、お前と――俺は気配しか感じなかったが、お前の相棒には助けられたからな。これからは、好きな時に遊びに来い」

「えっ、それって……！」

「ただし、本当に遊び場にするなよ。冷やかしに来ても、茶くらいは出してやるということだ」

　イスズさんはそう言って、素っ気なくそっぽを向いてしまった。

　これは、この人なりの照れ隠しなのだろう。今はただ、店に来ていいというそれが、イスズさんに認められたような気がして嬉しかった。

「祖母さんは――」

「えっ？」

「店を継いでからは気丈に振る舞っていたが、本当は祖父さんのところに行きたくてしょうがなかったのかもしれないな。それで、ヤマザクラが連れて行ったのかもしれない。昨日のあの様子を見ると、そんな気がする」

「そう……ですね」

　イスズさんの表情は、憑《つ》き物が落ちたように、何処か晴れやかだった。

「現実には有り得ない話だが、石精がいるくらいだしな。まあ、俺は俺なりに、現世でしっかりと商売をするとするさ」

「はい。そうしていただけると、僕も嬉しいです。イスズさんの話、もっと聞きたいですし」

僕は深く頷いた。

ふわりと、桜の香りを感じたような気がした。

奥にある石のコーナーを見やると、ヤマザクラを背にして、あの桜石の石精が佇んでいた。石精は、僕を見つけて微笑む。その姿は希薄だったけれど、もう、そこに寂しさは感じられなかった。

僕もまた、石精に軽く会釈をしながら、また良い縁に巡り合えますようにと祈ったのであった。

第三話

翡翠の海

Episode 3

Sea of Jade

厳重に閉められた箱を開けると、そこに入っていたのは、石ではなくノートだった。随分古いもので、端々が劣化してボロボロになっている。ノートに挟んだ紙をテープで留めていたが、それはすっかり黄ばんでいた。

「これは？」

裸電球の柔らかい光が照らす土蔵の中で、僕は、ノートを慎重に手に取りながら雫に問う。

「採集記録じゃないかな。中を覗《のぞ》いてごらん」

透き通るような髪の綺麗《きれい》な男の子——雫は、僕の隣からノートを覗き込んだ。

「本当だ！　手書きの地図もある」

ノートの中身は、雫が言うように、鉱物の採集記録だった。祖父の字で日付や採集した鉱物、採集場所の様子が丁寧に記されている。手書きの地図は、とても詳細に描かれていて、宝の地図のようだった。

「これがあれば、鉱物を沢山手に入れられるかな」

「さあ、それはどうだろう」

心を躍らせる僕に対して、雫は少し難しい顔をした。

「達喜がこれらの場所に赴いたのは、かなり昔の話だからね。有名な産地であれば、既に採《と》り尽くされてしまっているかもしれないし、以前、律君が言ったように、採集が禁止になってるかもしれない」

「そっか……」

「まあ、そういう場所ばかりではないと思うけれど」

雫は、僕を励ますように背中を軽く叩《たた》いてくれた。

「律さんに、詳しく聞いてみようかな」

「そうするといい。彼の方が現状を把握しているだろうし、その中から樹にふさわしい場所を知っているかもしれない」

「僕にふさわしい？」

「樹は、その宝の地図をもとにして採集をしたいんだろう？」

雫は、僕とノートを交互に見やる。

「えへへ、正にその通りです……」

「僕も、それらの産地について詳しければよかったのだけど、自分が生まれたところの記憶もあやふやだしね」

雫は、何の気なしにさらりと言った。

僕の胸が、少しだけ痛む。祖父に採取されたものの、祖父が記録をしていなかったばっかりに、雫は産地不明となってしまったのを思い出した。

「この記録って、雫を採取した後のものなの……？」

僕がぽつりと尋ねると、雫は「そうだよ」と頷《うなず》いた。

「僕の時の反省を活《い》かしたのだろうね。まあ、僕を採取した頃にもノート自体はつけていたのだけど、そこまで厳密にはしてなかったようでさ」

ノートに記録する時と記録しない時があったのだという。雫は運悪く、記録されなかった。

「僕も、採集に行く時にはノートをつけなきゃ」

「そうするといい。思い出にもなるしね」

「思い出……かぁ」

僕はノートの中身に視線を落としたまま、手近なところに置いてあったアンティークの椅子に腰掛ける。

祖父の採集記録には、何処《どこ》の駅で降りて何キロ歩いたとか、その途中で美味《おい》しいお弁当屋さんがあったとか、そんなことも書かれていた。日記のようなそれを目で追っていると、祖父と一緒に鉱物採集の旅をしているような気持ちになる。

「ふふっ、それは君が持っているといい」

僕を見ていた雫は、微笑《ほほえ》ましそうにそう言った。

「えっ、いいの？」

「君は達喜の孫だからね。達喜の思い出を受け継ぐ権利がある」

「お祖父《じい》ちゃんの、思い出……」

祖父から石の話は、あまり聞くことが出来なかった。今ならば、聞きたいことが沢山あったのに。

その願いはもう二度と叶《かな》わないけれど、祖父のノートは、僕の気持ちに少しだけ応えてくれるような気がした。

「うん。そうする」

「君の部屋に持って行く前に、僕も見て構わないかな？」

「勿論《もちろん》」と僕は、雫に見せるようにノートを開く。

「ノートは、しばらくここに置いておくよ。お父さんには、これは必要なものだからって口を酸っぱくして言っておくからさ」

「ふふっ、ありがとう」

雫は嬉《うれ》しそうに顔を綻ばせる。雫もまた、祖父の思い出を振り返りたいに違いない。

「まあ、ノートは買い取って貰《もら》えるとは思えないし」

「確かに、貴重な資料とは言え、おいそれと値がつけられるものではないからね。それに、自分の父の思い出だし、君の父親だってたやすくは引き取って貰わないと思うよ」

「それもそうか」

雫の言葉は尤《もっと》もだったので、僕は胸を撫《な》で下ろした。

「それにしても、お祖父ちゃんは随分と山奥まで行ったんだね」

改めて、ノートに記された地図を見やる。携帯端末のアプリで、記載されている産地の航空写真を見てみるが、周辺は緑ばかりだ。

「基本的に、鉱物の産地はそうなってしまうね。まあ、街から近いと掘り尽くされてしまうだろうし」

「宝物は人が寄り付かないところにあるってことか……」

記録をよく見れば、最寄りの駅やバス停からの距離がかなり遠かった。祖父は平気で何時間も歩いていたようだ。

「お祖父ちゃん、体力があったんだなぁ」

体力に自信がない僕は、心の底から感心してしまう。

「山奥となると、それ相応の装備も必要だろうね。舗装もされていないだろうから、足場も悪いだろうし、スニーカーでは行けないんじゃないかな」

「登山靴を履いて行かないといけないね」

「採取した石を持って帰るための緩衝材も必要そうだ」

「新聞紙とか、プチプチとかかな。というか、そうだよね。石を持って帰るんだよね」

登山の装備だけでも重そうなのに、帰路は石を持って帰らなくてはいけないなんて。

宝物を求めて山奥に赴いたのはいいが、宝物が重くて動けなくなるということも充分に有り得た。

「『現地でやむを得なく幾つかの採集品を戻し……』って書いてある。重くて持って帰れないなんてこともあったのか……」

「現地で選別するのも大変そうだね。落ち着いて座れる場所も、選別するのに充分な光も無いかもしれないし」

「成程。山奥だと、樹《き》が茂って暗いところもありそうだよね。そんなところだと、鉱物を同定するのも大変そう」

水晶のように、一見して分かる鉱物ならばともかく、母岩と似たような色合いだったり、肉眼では分かり難《にく》いほど小さな鉱物だったりすると、見逃してしまう可能性がある。だからと言って、怪しげな石を全て持って帰るわけにはいかない。

「あっ！」

「どうしたんだい？」

記録を目で追っていた僕は、思わず声をあげてしまった。不思議そうな顔をこちらに向ける雫に、ノートに記された一文を見るよう促す。

「『採集先で、ツキノワグマの糞《ふん》を発見』……」

雫はその一文を読み上げ、僕と顔を見合わせる。

「そうか。山奥だとクマがいるんだ……」

「そうだね。野生動物のことも頭に入れておかないと」

場所によっては、クマの他にも、イノシシやサルがいるかもしれないと雫は付け加える。

「サルは頭がいいし、かなり凶暴らしいね。イノシシも、突進されたらひとたまりもないし」

僕は、彼らがニュースで害獣として取り上げられていたことを思い出す。

「律さんも、そういう獣を避けながら採集をしていたのかな」

「そうかもしれないね。それに、彼はミネラルショーやショップで購入するのがメインだっただろう？　それは、採集のリスクを避けた上でのことなのかもしれない」

「確かに、ミネラルショーやショップで購入した方が、安全だよね」

何せ、クマに遭遇しなくて済む。重々しい装備を担いでいく必要も無ければ、交通機関が無いというか、車すら入れないような場所を延々と歩く必要も無い。

「それに、採集に行ったからって、鉱物が採れるとも限らないようだしね」

雫は、祖父の綴《つづ》った文章を目で追いながら言った。

記述によると、目当ての石が採れなかった時もあったようだ。既に掘り尽くされていたり、立ち入り禁止になっていたり、道が塞がっていたりと、様々な出来事に見舞われていたようだった。古い坑道に入ったという記録もあったけれど、落盤で先へ行けなかったこともあったという。

「坑道で落盤って、そこで採集をしていたら出られなくなるってやつじゃあ……」

「そうだね。採集中に落盤が起きる可能性もあるし、ツルハシやハンマーで坑道の壁を崩したために落盤が発生するかもしれない」

雫は、そんなことに巻き込まれた人に同情するような、痛ましそうな表情で言った。

「改めて聞くと、随分リスクがあるなぁ。それなのに、お祖父ちゃんはどうして鉱物採集をしに行ったんだろう」

祖父だけではない。律さんも含めて、色んな人が採集に行っている。

産地に行くだけでも大変だし、行った先でも大変だし、行ったからといって鉱物が採れるわけでもない。

祖父のノートには、採集した石の写真も貼《は》られていた。テープがすっかり劣化してしまい、今にも剝がれそうなその写真には、土まみれの水晶が映し出されていた。

土の隙間から、透き通った姿は見えるものの、キラキラと光を反射させるような煌《きら》めきは窺《うかが》えない。

採集した鉱物をクリーニングするという過程の写真もあったけれど、土や砂を丁寧に取り払ったり、薬品を混ぜた液体に長時間浸《つ》けたりする様子は、かなり手間がかかりそうだった。

ショップやミネラルショーに行けば確実に手に入るし、基本的にクリーニングされているものが売りに出されているので、手に入れてから手間をかける必要も無かった。

「どうして採集をしに行くのか、採集をする立場ではない僕には分からないけれど」

ノートに視線を落としていた雫は、そっと顔を上げる。

「これらの石を見つけて帰って来た時、達喜はとても幸せそうな顔をしていたよ」

雫もまた、祖父の様子を思い出してか、幸福そうに微笑む。僕は、その笑顔を見て確信した。

「そっか。自分で見つける喜びが、欲しいのかな」

「それも一つの回答だろうね。宝探しの面白さがあるのかもしれない」

「ちょっと分かるかも。冒険家になって、宝物を発見したような気持ちになれるのかな」

クマは怖いし、山道は大変そうだけど、その苦労に勝る喜びが、そこにあるのだろう。

「僕はまだ、中学二年生だからあんまり危険なところには行かせて貰えない気がするけれど――」

「おや。樹は中学一年生だったのではなかったのかな」

雫は不思議そうな顔をする。僕は思わず、苦笑してしまった。

「春になったからね。進級したんだよ」

「ああ、成程ね。僕は変化が少ないから、君達よりも歳月の流れに疎《うと》くてね。四季を楽しもうという気はあるのだけど、年月が経《た》ってくることを意識し難いんだ」

雫もまた、困ったように微笑む。

「そういう意味では、君達の方が、僕達よりも四季を楽しめているのかもしれないね。例えば、気温の変化とかかな。蛍石《ほたるいし》は比較的敏感だけれど、水晶はあまり左右されないから」

「夏は暑いのが辛《つら》いし、冬は寒いのがしんどいから、あまり左右されないのは羨ましいけどね」

僕は肩を竦《すく》めつつ、話を戻す。

「もう少し成長して、体力をつけて、重い装備を担げるようになったら、お祖父ちゃんのノートを頼りに、採集をしたいな。今のままだと、もし連れて行って貰っても、みんなの足を引っ張っちゃいそうで」

「目標があるのは、いいことだ」

雫は深く頷き、僕の夢を肯定してくれる。

「でも、比較的容易に行けそうなところもあるよ」

「えっ？」

ノートを見ていた雫は、あるページを僕に見せてくれる。

「糸魚川《いといがわ》の親不知《おやしらず》海水浴場……？」

「そこはどうやら、観光地のようだね。もしかしたら、交通機関もそれなりにあるかもしれない」

「海水浴場って、海岸だよね。山じゃなくて？」

僕は携帯端末の地図アプリを開く。検索をしてみたけれど、確かに海岸で、海水浴場としても賑《にぎ》わっているようだった。

「ビーチコーミングが出来るということだろうね」

「ビーチコーミング？」

僕は思わず、鸚鵡返《おうむがえ》しに尋ねてしまった。

「海岸に打ち上げられたものを拾うのさ。貝殻や石、綺麗な漂着物などをね」

「海の向こうから運ばれて来た石とか……？」

「上流から流れ着いた石もあるだろうね」

「あっ……！」

水の流れは、上流から下流へと向かい、最終的には海へと辿《たど》り着く。浸食などによって上流からやって来た石が、海へと出て、波によって海岸に戻されることもあるだろう。

地図アプリで地形を見てみると、糸魚川のすぐそばには多くの山が連なっていた。

「この辺りから来た石かな」

「恐らくね。ここには、フォッサマグナと呼ばれる地溝帯があるはずだ」

「フォッサマグナって……」

「日本を地質構造的に東と西に分断しているものさ。もしかしたら、律君の方が詳しいかもしれない」

祖父のノートにも、フォッサマグナという記載があった。だけど、祖父にとってその単語は既知のものだったようで、説明は一切なかった。

「ビーチコーミングにだって波にさらわれる危険はあるけれど、ここは海水浴場で、人目もあるしね。時期を見誤らなければ、ほとんど危険はないはずさ」

「因《ちな》みに、ここでは何が採れるの？」

祖父のノートの文字を追いながら、僕は雫に問う。雫はふわりと微笑むと、こう答えた。

「それはね。翡翠《ひすい》だよ」

その神秘的な響きに、ぞわりと全身に鳥肌が立った。祖父のノートにも、達筆な文字で、翡翠と書いてある。

僕はしばらくの間、その文字から目が離せなかったのであった。


ゴールデンウイークがやって来ると、僕は北陸新幹線に乗って糸魚川を目指した。雫は、本体から離れ過ぎているから身体《からだ》が維持出来ないと言って、今回は留守番だった。

僕は窓際の席で、その隣の席には、律さんが座っている。

律さんに糸魚川のことを話すと、「是非、一緒に行こう!」と僕を誘ってくれた。律さんがついて来てくれるのならば、頼もしい。父も、律さんが一緒であればいいよと言って、旅費を出してくれた。

そして、律さんの向こう側には、律さんと同じくらいの年齢の女性が座っていた。ボーイッシュでパンツスタイルの女性は、楠田《くすだ》さんと名乗った。

「樹君は、糸魚川は初めてなの?」

楠田さんは、ひょいと身を乗り出して僕に尋ねる。

「は、はい。実は、日本海側は初めてで……」

「へぇ、そうなんだ。それじゃあ、楽しみだね」

楠田さんは、歯を見せて微笑む。僕もつられて、笑顔になった。

律さん曰《いわ》く、楠田さんはインターネット上で知り合った石友《いしとも》らしい。ミネラルショーでよく出会うそうで、会場内を一通り見てまわった後に、戦利品を見せ合うような仲だそうだ。

今回、律さんは元々、楠田さんと糸魚川に行く予定だったらしい。二人のお邪魔じゃないんですかと尋ねたら、人が多い方が良いしと律さんは答えてくれた。

本当にそうなのだろうかと心配になったものの、いざ、楠田さんと顔を合わせてみると、楠田さんは本当に石が好きで、石のために糸魚川に行くんだなということがひしひしと伝わって来た。

「樹君の家って、鉱物がいっぱいあるんだって？　律君から聞いたよ」

「ええ、まあ。祖父が集めていて……」

「いいねぇ。代々、趣味が伝わってるのって」

「あ、でも、父は鉱物に興味が無いんです。僕も、ちゃんと調べ始めたのは、本当に最近で」

申し訳なさそうにそう言うと、楠田さんはパッと笑顔になった。

「そっか。それじゃあ、鉱物沼に来たばっかりなんだね。君みたいな若い子に興味を持って貰えるなんて嬉しいな」

「そ、そうですか」

歓迎ムードがこそばゆくて、つい、顔を伏せてしまう。そんな様子を、律さんはニコニコしながら眺めていた。

「まあ、糸魚川までまだ時間もあることだし、あの辺で採れる石の話でもしようか」

「あ、そうですね。祖父のノートは見て来たんですけど、昔と状況は変わっているかもしれないですし」

「採集出来るものも、だいぶ減ったみたいだしね」

楠田さんは、残念そうに溜息《ためいき》を吐《つ》く。

「そうなんですか？」

「うん。有名になり過ぎたみたいでさ。翡翠なんて滅多に採れないし、よく落ちてると言われていた姫川薬石《ひめかわやくせき》だって、手頃なサイズのは少なくなっちゃったし」

「姫川薬石って？」

祖父のノートにもあったので、鉱物名かと思って調べたものの、自宅にある本の中には載っていなかった。

「糸魚川周辺で見つかる、特徴的な石英斑岩《せきえいはんがん》のことだね。こういう石なんだけど」

楠田さんは、タブレット端末に表示した写真を見せてくれた。そこには、茶色の波模様が描かれた、丸い石が映っている。よく見ると、小さな穴が幾つも空いていて、不思議な佇《たたず》まいだった。たまごパンのような雰囲気も相俟《あいま》って、幾つも集めたいと思う愛らしさを感じた。

「わぁ。何だか、可愛《かわい》いですね」

「うん。可愛くて私も好きなんだ。ビーチコーミングには何回か来ているけど、その度に、お気に入りの模様の薬石を拾って帰るの」

「珍しい石なんですか？」

僕が尋ねると、楠田さんは「うーん」と少し悩む仕草をした。

「石英斑岩自体はそこまで珍しくないと思うけど、こういう模様が出るのは糸魚川周辺の特徴なんじゃないかな。科学的な根拠はちょっとよく分からないけど、姫川薬石には色んな効能があるみたいで、それで需要があるっぽいんだよね。だから、拾っていく人が多くて」

「効能……ですか」

「私は、そういうの関係無しに好きなんだけどね。姫川薬石を手に入れた人が、模様も楽しんでくれるといいなぁ」

楠田さんは、困ったように微笑む。

「電気石《でんきせき》付きの薬石や、忍石《しのぶいし》入りの薬石なら結構転がってる気がするけどなぁ」

律さんは、首を傾《かし》げた。

「電気石って、トルマリンですよね。忍石は、デンドライトでしたっけ……？」

「そうそう。よく覚えてるね！」

律さんは目を輝かせる。

繊細な樹枝《じゅし》が閉じ込められたような石を、忍石と呼ぶ。その樹枝模様は、あたかも植物の化石のようだけど、正体は結晶だという。

先日、新宿の標本屋さんで忍石が売られているのを見かけたけれど、それはどうやら、石灰岩《せっかいがん》にマンガンが染み込んだものらしい。お店の人の話を聞き、本の解説を何度か読んだものの、植物の化石でないことが信じられなかったほど、その模様は葉や枝そのもののようだった。

「忍石は何となく分かるんですけど、トルマリンが付いてるなんて、凄《すご》いんじゃあ……」

トルマリンと言ったら、宝石になる鉱物だ。鮮やかなピンクやグリーンのあの石が付いていたら、誰もが拾いたくなるだろう。

「トルマリンって言っても、フォイト電気石だよ。よく売ってるリチア電気石みたいに、派手じゃないんだよね。姫川薬石に黒い斑点が出来ていたら、それはフォイト電気石の可能性が高いの」と楠田さんは教えてくれた。

「あっ、黒いトルマリンも見たことがあるような……」

あまりにも地味だったので、すっかり失念していた。

「忍石もトルマリンも好きだけどさ。私は純粋な姫川薬石の模様を楽しみたいから、他の模様がない方が良いなぁ。それに、忍石の樹枝模様も、石灰岩くらいシンプルな背景の方が映えるし」

楠田さんは、真剣な表情でそう言った。

「彼女、ピクチャーストーンが好きなのさ」

律さんは、僕に耳打ちをする。ピクチャーストーンとは、絵のように見える石のことだ。

「ミネラルショーでは、パエジナストーンをよく買ってるね。僕も好きではあるんだけどさ、あまり見立てのセンスが無くてね。赤が混じった石を、夕焼けの空のようだと教えて貰って、初めて見立てることが出来るっていうレベルなのさ。他人の見立てを聞いて、成程って思うことが多いかな」

律さんは難しい顔をする。

パエジナストーンとは、主にイタリアのフィレンツェ郊外で産出するピクチャーストーンの一種だ。崩壊した大理石が描く、自然が作り出した絵画として親しまれている。昔は、その石もかなり重宝されたらしい。

「まあ、色々と見立てることが出来ると面白いけど、そうじゃないとただの岩石だし」

ピクチャーストーンを愛《め》でる楠田さん本人が、身も蓋もないことを言う。

「見立てるって言うと、瑪瑙《めのう》の模様も動物のように見えたりとか……」

僕は、祖父の遺品の瑪瑙のことを思い出す。その中に、天国へ旅立った愛犬のメノウにそっくりなものがあった。

「そうそう。瑪瑙も面白いよね！　樹君、いいセンスしてる！」

「えっ、そうですか」

楠田さんが手放しに褒めるので、ついはにかんでしまう。

「糸魚川の海岸では、瑪瑙も採れるからね！　面白い模様の瑪瑙があったら、私に見せて欲しいな」

「へぇ、瑪瑙も採れるんですね」

「まあ、瑪瑙自体は、そこまで特殊な成り立ちの石じゃないから、糸魚川以外でも採ろうと思えば採れるんだけど、狙うと意外と出てこないんだよね」

「物欲センサーだっけ。それが欲しいと思うと出てこないってやつ。無心になったらいいんじゃない？」

律さんは苦笑してみせる。

「瑪瑙と薬石を狙ってたら、翡翠が出て来たりして」と楠田さんは冗談っぽく言った。

「翡翠が出たらいいよねぇ。でもあれ、本当に出てこないんだよねぇ」

「糸魚川には、コランダムも出るって聞いたけど」

「それはもう、星五つクラスのレア物だから。出たらもう、今年の運を使い果たしたと思うよ」

律さんは、楠田さんに肩を竦めてみせる。

「コランダムって、サファイアでしたっけ。そんなの、採れるんですか？」

「一応ね」と、律さんは僕の質問に答える。

「でも、宝石質じゃないからね。その上、翡翠以上にレアだって言われてるから」

楠田さんは、頭《かぶり》を振ってみせる。

「そうそう。まあ、糸魚川に来たからには、コランダムよりも翡翠だよ、翡翠」

律さんはそう言いながら、車内販売のカートを呼び止める。そこで、加賀《かが》さつまいもアイスクリームを三つ買って、僕達に配ってくれた。

「翡翠は国石になった石だしね。ここは是非ともゲットしておきたいところだね」

翡翠は、古事記《こじき》にも登場するのだという。

どうやら、出雲《いずも》の国の大国主命《おおくにぬしのみこと》がプロポーズしたという、高志《こし》の国の奴奈川姫《ぬなかわひめ》が、翡翠を身に着けていたらしい。高志の国というのは、今の新潟県から福井県を指すのだそうだ。

「それじゃあ、お姫さまが付けていた翡翠って、糸魚川産かもしれないってことですか？」

「飽くまでも憶測だけど、その可能性は高いよね。糸魚川の駅前には、お姫さまの像も飾ってあるから、記念写真を撮るといいよ」

僕は行くたびに撮ってる、と律さんはスプーンでアイスの表面を突《つつ》きながら付け加えた。アイスはまだ硬くて、スプーンが全く通らなかった。

「翡翠は、勾玉《まがたま》みたいな装飾品に使われていたの。今から五千年前くらいの縄文時代の遺跡から、加工された翡翠の装飾品が見つかったんだって」

「縄文時代……⁉　じゃあ、物凄く昔から、人間と関わりがある石だったんですね」

「そうみたいね。翡翠は硬くて加工し難い石なんだけど、よく縄文時代に加工出来たなって感心しちゃう」

楠田さんは、感じ入るようにそう言った。

「翡翠って、硬度が高いんでしたっけ……」

僕は、図鑑に書いてあったモース硬度を思い出す。確か、水晶である雫と同じくらいだったはずだ。

「そうそう。劈開《へきかい》もないしね」と律さんは頷いた。

「翡翠っていうのは、ひすい輝石《きせき》っていう鉱物の集合体なんだよ。だから、すごく強靭《きょうじん》でね。カットする時も、一筋縄ではいかないのさ」

「集合体だと、この方向のこの場所が切断し難いっていうのが無さそうな……」

「そういうこと。だけど、振動には弱いから、加工をする時はその特性を活かすんだって聞いたよ」

「不思議な石ですね……」

「神秘的で、ワクワクするだろう？」

律さんはにやりと笑う。アイスは程よく溶けたようで、スプーンが通るようになっていた。

「ええ。とても！」

大昔の日本人が、勾玉などの装飾品に加工して、お姫さまが身に着けていたという石。そんな石が目の前にあったら、どんな気持ちだろう。

僕は胸が躍るのを感じながら、自分のアイスに手を付け始める。

加賀さつまいもアイスクリームは、ふんわりとした優しい風味だった。


糸魚川に着いた僕を待っていたのは、巨大な岩石だった。

「うわ……。これが、翡翠……？」

駅舎に隣接している観光案内所にあった巨石には、「ヒスイの原石」という表示と、解説があった。岩石の中には白っぽくて滑らかな部分があり、どうやらこれが翡翠らしい。

「これを見ると、糸魚川に来たって感じだね」

律さんはリュックサックを背負いながら、ご満悦だった。

「こんなのが、海岸に落ちてるんですか？」

抱えられないほどの岩石を前に呆然《ぼうぜん》としていると、「まさか」と楠田さんが笑う。

「こんなに大きかったら、波で打ち上がらないよ」

「そ、それもそうですね」

「このくらい大きなものは、上流の方かな。でも、そっちは採集禁止だから」

「そうなんですか？」

「小滝川《こたきがわ》ヒスイ峡は、国の天然記念物なの。そこでハンマーやツルハシなんて振るってたら、怒られるだけじゃすまないと思うよ」

楠田さんの説明に、「そうそう。捕まっちゃうかも」と律さんが付け加える。

「上流は採集出来なくて、海岸は大丈夫ってことですか……？」

「うん。自然が崩して、自然が運んで、自然の力によって戻ってきたものならば、きっと自然がくれたものだから、拾ってもいいよってことなんだろうね」と楠田さんは言った。

「自然の意思に従うって、良い話ですね」

思わずそう言うと、楠田さんはくすりと微笑む。

「というのは、私の持論だけどね。まあ、海岸だったら大丈夫だっていうのは本当だよ。糸魚川もそれを売りにしてるし」

楠田さんは、ラックに並んでいるパンフレットを一部、引き抜きながらそう言った。

「はい、これ」

「ああ。初めて糸魚川に来たのなら、こういうのがあった方がいいね」

僕が手渡されたパンフレットを見て、律さんも頷いた。

それは、翡翠について簡単に書かれたものだった。綺麗な勾玉の写真や、先ほど話題に出たヒスイ峡の写真もある。

「こういう無料冊子に、分かり易《やす》くまとまっているからね。翡翠の見分け方とかも」

「翡翠の見分け方？」

「海岸には、翡翠に似た石も沢山あるんだよ。きつね石とか蛇紋岩《じゃもんがん》とか、石英とかね」

律さんはローカル線の時刻を確認すると、「少し外に出てみようか」と僕達を促す。

外の空気は、少しだけひんやりとしていた。清涼な海風が、僕の頰を優しく撫でる。

駅前のロータリーの上空は開けていて、澄み渡った青空が広がっていた。観光客と思《おぼ》しき団体が、駅前のホテルから出てくるところだった。他にも、バスターミナルにリュックサックを背負った人達が並んでいる。

「流石《さすが》に、ゴールデンウイークだから、人が多いね」と律さんは言った。

「海岸も人で溢《あふ》れてるかも」と楠田さんは肩を竦める。

「早く行かないと、翡翠は拾い尽くされちゃいますかね……」

「うーん。めぼしいものは既に地元の翡翠ハンターが採ってると思うし、観光客が増えたからって難易度が変わるとは思えないかな」

律さんは、慣れた足取りで先導する。

「翡翠ハンターなんていうんですね」

「いるいる。地元のハンターも勿論いるし、遠方から来るハンターもいるし。ビーチコーミング専用の道具を持ってたり、素潜りをしたりするんだ」

専用の道具とは、長い柄の先に料理に使うお玉をつけたものらしい。それがあると、波打ち際にある翡翠を迅速かつ安全に拾い上げることが出来るのだという。

「それはもう、完全にプロですね」

「ミネラルショーで売ってる人もいるし、プロだよねぇ」

律さんは、感心したように頷いた。

「もうすぐ、東京国際ミネラルフェアの時期だしね。この催しは、日本で初めて鉱物の国際フェアをやり始めた、由緒あるショーなんだ」

「あっ、祖父のノートにも書いてありました」

「彼此《かれこれ》、三十年くらいの歴史があるからねぇ。同じ時期に、飯田橋《いいだばし》でも国産鉱物を中心とした即売会をやってるから、そのいずれかでは、翡翠ハンターの見つけた翡翠に会えそうかな」

「へぇ……。翡翠にも興味ありますけど、即売会自体が気になるかも」

僕は、律さんから正確な日程を聞き、携帯端末のスケジュール帳にメモをしておいた。

「私達みたいに、観光半分でビーチコーミングする人間は、そういう人が見逃したものや、新たに波が運んできたものを拾うって感じかな」

楠田さんは、僕の歩調に合わせて歩きながら、律さんに頷く。

「波が荒い時なんかは、翡翠を新しく運んで来てくれる確率が高いんだけど」

「波が荒い時って、危なそうな気がしますけど」

「そうそう。危ないの。冬場がいいとは聞いたことがあるけど、冬の日本海は波も高いし極寒だしで、全くお勧めは出来ないね」

「こっちは、雪も降りますよね。凍えそう……」

「それどころか、波にさらわれた人もいるし」

楠田さんは、表情を曇らせる。それを聞いていた律さんも、「だよねぇ」と言葉を濁していた。僕の体温は、一気に下がってしまった。

「そっか。雫もちらりと言っていたけど、ビーチコーミングでも命の危機があるんだ……」

「そういうこと。だから、樹君はあんまり海の方へじゃぶじゃぶ入って行かないようにね。私達が見ているとは言え、波の動きは本当に予想出来ないから」

「わ、分かりました」

楠田さんの警告に、僕は何度も頷いた。

そうしているうちに、律さんは足を止める。そこには、珠《たま》を手にした女の人の銅像があった。

「もしかして、奴奈川姫？」

「ご名答」

律さんは親指を立てる。

奴奈川姫の銅像は、確かに古事記の世界に出て来るような、大昔の日本人の格好をしていた。首飾りをしているけれど、これが翡翠で出来ていたのだろうか。

「翡翠が採れるように、お姫さまにお祈りしておかないとね」

律さんはそう言って手を合わせ、楠田さんもそれに倣《なら》った。つい、首飾りに目が行っていた僕も、慌てて二人と同じように手を合わせる。

どうか、翡翠が見つかりますように。でも、翡翠じゃない石も沢山採れるようだから、それらのいずれかでいいので、良縁がありますように。

心の中でそう祈ったその時、ふと、遠くで呼ばれたような気がした。

「よし。願掛けも済んだことだし、記念写真でも——って、樹君？」

律さんは、きょろきょろする僕を見て不思議そうに首を傾げる。

「あ、すいません。誰かに呼ばれたような気がして」

だけど、律さんも楠田さんも、不思議そうな顔をするだけだ。二人が呼んだわけではないらしい。かと言って、周囲の誰かが呼んだわけでもなさそうだけど。

「空耳だと思います。すいません」

「いいや。石精《いしせい》の囁《ささや》きかもね」

律さんは、意味深に笑った。

「石精？」と楠田さんは首を傾げる。

「ふっふっふ。石に宿ってる精霊を、石精と呼ぶのさ。樹君と僕は、その声が聞けるんだよ」

胸を張る律さんに、楠田さんはぽかんと口を開ける。俄《にわか》には信じられない話なので、無理の無い反応だ。

フォローをした方がいいのかどうか迷っていると、楠田さんは「そっか」と納得したように相槌《あいづち》を打った。

「それは素敵だね。私も、石精の声が聞ければ良かったんだけど」

「縁があれば聞けるようになるって」

「じゃあ、先《ま》ずは縁結びの神様に祈らないとね」

楠田さんは、冗談っぽく微笑む。大人な反応をしてくれたのか、それとも、ちゃんと信じてくれたのかは分からないけれど、むやみに否定されなかったのは嬉しかった。

しかし、楠田さんの言葉には続きがあった。

「石の精霊の声が聞こえるのは素敵だけど、『故郷に帰りたい』なんて言われたら困っちゃうなぁ」

「あー、確かに。ブラジル産の石にそれを言われたら、すいませんそれは難しいですって土下座するしかないね……」と律さんは遠い目になる。

「ボリビア産や南アフリカ産は、行くのが大変そう……。産地が紛争地域になってる石もあるし」

「はは……。でも、今まで会った石精は、誰もそういうことを言ってないから大丈夫だと思いますよ、多分……」

そうフォローしながらも、雫の言葉である、物事には多様性があるというのを思い出す。今まで言われなかったからと言って、今後、言われない保証はない。

中学生の僕は、ブラジルや紛争地域どころか、国内でも遠方だったら難しいだろう。

でも、雫にお願いされたら、産地の候補を全部回ってみたい。雫の本体は重いし、物理的な難易度は高いかもしれないけれど、雫に何かしてあげたいという気持ちは、揺るがなかった。

奴奈川姫の像の前で写真を撮った僕達は、駅に戻ってローカル線の列車へと乗り込んだ。カタコトと揺られてしばらく行くと、車窓から青い水平線が見えるようになる。

「わぁ、日本海だ……！」

空の青と海の青が水平線でまじりあい、線路沿いに生い茂る緑とのコントラストを際立たせていた。僕は思わず、窓に張り付いて見入る。

「日本海は綺麗でしょう」

楠田さんの言葉に、僕は大きく頷いた。

「東京湾とは違って、澄んでますね。太平洋とも違う色だ。すごく綺麗……！」

海面がキラキラと輝いているのと相俟って、アクアマリンを敷き詰めたようだと思った。

「東京湾や太平洋も、日本海とはまた違った味があっていいんだけどね。でも、こうやって澄んだ海を見ると泳ぎたくなるなぁ」

まあ、水着を持ってきてないんだけど、と楠田さんは苦笑した。

「素潜りで翡翠を探すのは、一度やってみたいんだよね。潜るのは、まだ寒いかな」

律さんも、僕と一緒に車窓に張り付きながら首を傾げる。

「水温はまだ低いんじゃない？　今は、足を浸けるくらいがちょうどいいかも」

楠田さんはそう言って、海に向かって携帯端末のカメラのシャッターを切る。僕もつられて、目の前に広がる雄大な日本海を見た感動を、端末の中に残した。

親不知駅に到着すると、ホームからはあの青空と鮮やかな緑、そして、その間の水平線が同じように窺えた。駅舎は小ぢんまりとしていて、窓枠には見たことがない蛾《が》がとまっていた。葉っぱのような緑にまだら模様の蛾は、僕が近づいてもじっとしていた。

「ここが親不知、か」

僕は律さんと楠田さんに続いて、駅舎から外へ出る。

親不知というのは、昔は北陸街道の難所として知られていたらしい。山が海岸線近くまで迫《せ》り出しているため、昔の人は、波の高い日本海に面した道を歩かなくてはいけなかったのだという。その途中で、波にのまれる人も少なくはなかったとのことだった。

正式名称は、親不知・子不知《こしらず》というらしく、この地を往《い》く親は子を顧みることも出来ないし、その逆もまた然《しか》りということらしい。

「その割には、平和というか……」

律さんから地名の由来を聞いた僕は、頭上を飛ぶ鳶《とび》を目で追いつつ、穏やかな陽光を浴びながら呟《つぶや》いた。

「今は、山を削って道を作ったからね。昔は、この辺も山だったんじゃないのかな」と律さんは言った。

海の反対側には、急な斜面が迫り出して落石注意の看板が立っていたが、道幅はそれなりにあったし、線路も車道も海岸線沿いに悠々と並んでいる。その向こうの海の波は穏やかでいて、人間を呑《の》み込むような恐ろしさは感じなかった。

「随分と、様子が変わってしまったんですね」

「まあ、人間が住み易くするには、変えてしまうしかないのさ。この辺りの道だって、山を崩して整備したからこそ、人々が行き来し易くなって、人が波にさらわれることがなくなったんだから」

律さんは諭すようにそう言うものの、その声には少しだけ寂しさが交じっていた。

きっと、僕と同じ心境なのだろう。

鉱物は、自然のままでも僕達を魅了してくれる。地球は素晴らしい芸術家で、その作品をありのままに眺める楽しさがある。それを知っているからこそ、人が手を加えていいのかと思う時もある。

その方が人間にとって良いということにも、少し抵抗を覚えていた。

「翡翠は装飾品によく使われるみたいだけど、加工されるのをどう思っているんでしょうね……」

「それは、翡翠に聞いてみないと分からないなぁ。削られるのが嫌だと言われたら、その時はありのままを楽しもう」

律さんの言葉に、僕は頷く。しばらくすると、親不知海水浴場が見えて来た。

「わぁ、賑わってますね」

まず目に入ったのは、満車になった駐車場だった。その向こうには海岸があり、浜が広がっているが、そこは色とりどりの服を着たファミリーやカップルで既に埋め尽くされていた。

「場所はあるかな」

ここで律さんが初めて、息を呑んだ。予想よりも混んでいたらしい。

海水浴場のすぐそばには、食事をしたりお土産《みやげ》を買ったり出来る道の駅親不知ピアパークがあった。その前では、机を並べて、翡翠を売っている人達がいる。

「おっ。翡翠限定ミネラルショーだ！」

律さんはそう言うなり、小走りで駆け寄った。

「樹君、こっちに来てごらんよ。翡翠がいっぱいあるよ！」

手招きをされるままに、僕は並べられている翡翠を覗き込む。小さな石や大きな石がごろごろと入っている袋が、比較的お手頃な価格で売られていた。

「翡翠って書いてありますけど、これ、全部翡翠なんですか？」

「そうだよ。全部、糸魚川で採れたんだ」

律さんの代わりに、売り場にいたおじさんが答えてくれた。

「でも、緑色じゃないですよね。駅前にあった大きな翡翠も白っぽかったですけど、翡翠って、緑色だったような」

「ああ。緑色だと、いかにも翡翠って感じだけどね。緑色だけじゃなくて、ラベンダー色や黒色もあるんだ。勿論、白いのもね」

「ラベンダー色や、黒も？」

僕が目を丸くしていると、律さんはポンと僕の肩を叩く。

「同じ種類のはずなのに、違う色の鉱物があるだろう？　それと同じさ。微量に混じった不純物によって、石の色が変わるんだよ」

「あっ、蛍石も、緑や紫がありますしね」

僕は合点がいった。でもまさか、翡翠も色とりどりだったなんて。

「でも、そうなると翡翠を見分けるのが難しくなりますね。僕は、緑っぽい石を探す気でいたんですけど」

「そうすると、きつね石を摑《つか》まされちまうわけさ」

翡翠売りのおじさんは、にやりと笑った。

きつね石という石の名前は、祖父のノートにも記されてあった。祖父もまた、翡翠だと思ったものがきつね石だったとノートの中でぼやいていた。

「きつね石も、翡翠じゃないとはいえ、綺麗だし珍しい石なんだけどね」

後ろで話を聞いていた楠田さんが、苦笑する。

きつね石というのは変成岩の一種で、糸魚川特有のものらしい。緑と白が混じったような綺麗な岩石で、緑の部分はニッケルを含有した石英や、ニッケルとクロムを含有した白雲母《うんも》からなるらしい。白い部分は、石英か霰石《あられいし》とのことだった。

「おっ、よく知ってるねぇ。学生さんかい？」

翡翠売りのおじさんは、感心したように言った。地学を専攻していると思われたのだろう。楠田さんは困ったように笑って、首を横に振った。

「ただの石好きですよ。地学を学校で勉強出来たら良かったんですけど」

楠田さんは、少しだけ寂しそうだ。それを見ていた律さんも、ちょっとだけ複雑そうな表情をしたのであった。


僕達は翡翠売りのおじさんに別れを告げると、海岸までやって来た。

一面の砂浜を想像していたけれど、親不知海岸は違った。

「砂利……浜？」

目の前に広がっているのは、砂ではなく無数に集まった小石であった。恐らく、上流から運ばれて来た石なのだろう。小さな石だけではなく、中には、僕の顔ほどの石もあった。

「樹君、替えの靴は持って来てる？」

「ビーチサンダルなら……」

僕の答えに、「あちゃー」と律さんは顔を覆った。

「ごめん、ごめん。ちゃんと言っておけばよかった。この海岸、砂じゃなくて小石だから、ビーチサンダルだと歩き難いんだよね」

「歩き難いどころか、足とサンダルの隙間に石が入りますよね……」

想像するだけで、足の裏が痛くなる。

「道の駅に長靴でも売ってるんじゃないかな。僕、見てくるよ！」

「あっ、律さん！」

待って下さいと言う前に、律さんはピアパークの中へと消えていった。

「相変わらずだなぁ。人が好《い》いのはいいんだけど、人の話を聞かないんだから」

楠田さんは「やれやれ」と肩を竦めた。

「お店の中は人が多いだろうし、すれ違いになるといけないから、待ってようか」

「……そうですね」

僕も、つられるように苦笑を漏らしてしまった。

「長靴はちゃんと防水されているとは言え、一度、水や石が入ると大変だしね。マリンで、履いたら足にフィットしそうだ。そうなると、小石が入り込む隙間はないのだろう。

楠田さんは、リュックサックの中からマリンシューズを出してみせる。伸縮自在なの

「うん。これなら、小石はほとんど入り込まないしね」

「楠田さんは、マリンシューズなんですか？」

シューズでもあるといいんだけど」

「もし、良い靴が見つからなかったら、これを貸すよ」

「えっ、でもそうしたら、楠田さんが……」

「私は、糸魚川に来たの初めてじゃないし、また来ようと思ったら来られるから」

「どうして、そこまで……」

本当はお礼を言った方がいいのだろうけれど、楠田さんのあまりにも真っ直《ます》ぐな目に、

つい、そんな質問が口を突いて出た。

すると、楠田さんは困った顔もせず、首も傾げず、迷うことなくこう答えた。

「樹君には、たくさん石に触れて貰いたいからね」

「どうして……初対面の僕に、そんな……」

「樹君はまだ、選択肢があるからかな」

軽い口調で言われたはずのその言葉は、僕の中ではやけに重かった。

「さっきも気になってたんですけど、楠田さんは地学専攻とかではなかったんですよ

ね？」

「うん。本当は地学をやりたかったんだけど、地学関係は潰しが効かないからって、親に猛反対されてね。大学では、潰しが効く無難な学科を専攻して、今は普通の会社員をやりつつ、石を集めているわけ」

「親に……」

鸚鵡返しにそう言う僕に、「そう」と頷いてくれた。

「別に、会社員が悪いってわけじゃないんだけど、若い頃にやっておきたかったことって、ずっと引きずるんだよね」

「鉱物の採集も、やりたかったことの一つなんですか？」

「そうだね。地学系のサークルがある大学に入って、仲間と一緒に色んな産地に行きたかったなぁって。大人になっちゃうと、お金を稼ぐことは出来ても、時間を作ることは難しいから」

ままならないね、と楠田さんは言った。僕が、頷いていいものかどうか悩んでいると、その言葉には続きがあった。

「だけどまあ、今はSNSもあるし、それで律君や他の石仲間とも会えたしさ。何とかやりくりして、出来なかったことを埋めていこうと思ってる」

「とても、いいと思います」

僕はそう言うので精一杯だった。

楠田さんの目はとても真っ直ぐで、一生懸命に前を向こうとしていた。その双眸《そうぼう》は、陽光を受けた水晶のようだと思った。

「ピクチャーストーンが好きなのも、見方が自由なところに惹《ひ》かれたのかもしれないね。自然が描いたものを、自分なりに見立てられて、そこに間違いも正解も無いっていうところがいいんだと思う」

「間違いも、正解も無い……」

「物事って、基本的にはそうだと思うんだよね。人は正解を探そうとするけれど、それってただの大多数の意見に従っているだけだったりするし。こうしたら正しいと言えるほど、単純でもないと思うんだ」

楠田さんはそう言って、水平線の向こうを見やる。遠くの景色は陽炎《かげろう》のように揺らめき、蜃気楼《しんきろう》がぼんやりと浮かび上がっていた。

僕はそれをしばらく眺めていたけれど、ぽつりと話し出す。

「僕、大人になるってことについて、ちょっと怖いなって思ってたんです」

「へぇ？」

今度は自分が話を聞く番だと言うように、楠田さんは僕の顔を覗き込む。

「楠田さんが言ったように、大人になると時間が無いってよく聞くんです。両親も、仕事や家事が忙しそうで、あまりゆっくり暮らしているようには見えないし」

朝から晩まで仕事をして疲れ切ってしまうので、昔やっていた趣味とも疎遠になってしまう、というのを聞いたことがある。母も絵を描くのが趣味だったらしいが、久しく筆を握っていないとぼやいていたこともあった。

「祖父は多趣味だったんですけどね。でも、大人になって働き出したら、お爺《じい》さんになるまで趣味に没頭出来ないのかなと思うこともあって」

「まあ、確かに。私の周りでも、そういう話は結構聞くね。学生時代の友達とも、ほとんど会えてないって話も」

楠田さんは、うんうんと頷いた。

「でも、楠田さんや律さんは、仕事をやりながらも折り合いをつけているし、ちゃんと自分がやりたいことが出来ていて、いいなって思うんです。僕も何とかやりくりして、二人のような大人になりたいって」

「えっ」

僕の言葉に、楠田さんは目を丸くした。

「そ、そんな風に言って貰えるような大人じゃない気もするけど。本当に、ただ好きなことをやってるだけだし。そりゃあ、やりたいことはやって欲しいと思うけど、私は特に見本になれるような大人じゃないっていうか……」

楠田さんはしばらく恐縮していたけれど、ふと、僕の目を見つめてこう言った。

「とにかく、自分が惹かれるものには、どんどん踏み込んだ方が良いよ。まあ、人に迷惑を掛けることだったら、ちょっと待ってと思うけど、そうじゃなかったらとことんやってみてもいいと思う」

「自分が惹かれるものには、どんどん踏み込む……」

「そう。踏み込んでみないと分からないこともあるしね。どうか、頑張って」

楠田さんはそう言って、ニッと歯を見せて笑った。

頑張ってという言葉には、祈りが込められているように感じた。自分と同じように、後悔することが無いようにと。

「頑張ります」

僕は、深く頷く。楠田さんはそれを見て、少しばかり安心したような笑みをこぼした。

そんな僕達に向かって、ぱたぱたとせわしない足音が近づいて来た。

「ごめんごめん！　レジが混んでてさ！」

律さんだった。その手には、長靴がある。

「わっ、買って来てくれたんですか。有り難うございます！」

僕は律さんからレシートを見せて貰い、父から貰った旅費の中から精算する。買ってくれた長靴を試しに履いてみたけれど、サイズも問題はなかった。

「底がそんなに厚いわけじゃないから、尖《とが》っている石の上は避けるようにするんだよ」

律さんは僕に目線を合わせ、子供に言い聞かせるように説明する。

「あと、長靴の高さよりも深いところには行かないようにしないとね」

楠田さんもまた、僕の肩をポンと叩く。

「二人とも、心配性なんだから……」

「ははっ。観光地のビーチコーミングとは言え、何が起こるか分からないし、万全を期しておかないと」

律さんはそう言うものの、靴を履き替えようとはしなかった。楠田さんは、慣れた様子でマリンシューズに履き替えたのに。

「律さんは、そのままでいいんですか？」

「僕は登山靴だから」

「登山靴⁉」

確かに、律さんが履いている靴は、一般的な紐靴《ひもぐつ》よりも随分と重装備で、靴底が厚く、布地も分厚かった。

「沢登りが出来るような靴だからね。意外と水を通さないのさ」

「成程。登山靴とはさすがだなぁ。砂利浜の足場の悪さもカバー出来るしね」

楠田さんは、感心したように律さんを眺めていた。

「よし。準備も出来たことだし、いざ、ビーチコーミング！」

律さんは右手を振り上げ、砂利浜へと躍り出た。僕も、楠田さんと顔を見合わせると、二人で律さんの後を追ったのであった。


海はとても澄んでいた。波が敷き詰めた砂利が透けて見えるほどだ。

波が打ち寄せる度に、運ばれて来た小石がカラカラと音を立てて転がる。まるで海が囁いているようで、僕は思わず耳を澄ませてしまう。

「おっ、翡翠ハンターもいるねぇ」

律さんの声に、現実に引き戻された。

海に腰まで浸かり、長い柄の道具を手にして翡翠を探している人がいる。かと思えば、観光客に交じりながらも、隙の無い動きで石をつぶさに見つめている人もいた。

「私達も、負けてられないな」

楠田さんは、足元にあった石をひょいと拾い上げる。

角が削られて丸くなった石は、たまごパンのようだ。よく見ると、うっすらと波模様が窺えるような気がする。

「それって、もしかして薬石ですか？」

「うん。これは、流紋岩《りゅうもんがん》タイプだけどね。石英斑岩タイプだと、もうちょっと珍しくて、もう少し模様が綺麗なんだよね」

「あれ。薬石って二種類の岩石のことを言うんですか？」

「まあ、学名じゃなくて通称なんだよね。石英斑岩タイプだけが、姫川薬石だって言う業者さんもいるけれど。因みに、流紋岩タイプだと、ほら」

　楠田さんが石を裏返すと、そこには樹枝状のシルエットが描かれていた。

「あっ、植物の化石！　……じゃなくて、忍石？」

「そう。忍石や電気石が入り込んでるのは、主にこっちかな。一見、なんてこともないように見えても、裏に秘密が隠れているかもしれないから、気になったら持ち上げてみるといいよ」

　楠田さんはそう言ってウインクをする。

「あっ、見つけた！」

　すぐそばで、しゃがんで足元を見ていた律さんが叫んだ。僕と楠田さんは、すぐさま律さんの手元を覗き込む。

「これはどうかな？」

　律さんは、緑っぽい石を楠田さんに手渡す。角がすっかり丸くなった、滑らかな輪郭の石だった。濡《ぬ》れた石は綺麗な緑色を帯びつつも、全体的には白っぽい。正に、先ほど目にした翡翠のようだった。

「濡れてると分からないなぁ」

楠田さんはそう言って、石を丁寧に拭いてから、太陽に向かって掲げてみる。しばらくすると、湿気がある程度飛んだようで、楠田さんは石に親指を押し付けて、こするように触れてみた。

「うーん。石英かな」

「えっ、今ので分かるんですか⁉」

声をあげたのは、僕だった。

「翡翠の感触は独特だからね。滑らかなんだけど、指に吸いつくようでいて、ひんやりしているの」

「ひすい輝石の集合体です、って感じはするよねぇ」と律さんも頷いた。

「聞いただけだと、いまいちイメージがつかめないんですけど……」

「そっか。さっきの翡翠売りのおじさんから、サンプルとして買えばよかったね」

律さんは、申し訳なさそうに言った。そうだね、と楠田さんも相槌を打つ。

「まあ、ひとまずは翡翠っぽいやつを拾ってみなよ。私と律君で鑑定してみるし、それでもよく分からない石は、フォッサマグナミュージアムに持って行こう」

「ミュージアムってことは、博物館ですか？」

「そう。糸魚川駅から車でちょっと行ったところにあるの。翡翠は勿論、色んな鉱物が展示されてるから、一度は行ってみたい場所だね」

　楠田さんの話によると、そこで鉱物の鑑定も行っているのだという。一度に見て貰える鉱物の数が決まっていたり、その他にも決まりごとがあったりするけれど、学芸員さんが見てくれるので、かなり正確なのだという。

「ランチの後にはフォッサマグナミュージアムに行く予定だからさ。気になるものはじゃんじゃん採ろう！」

　律さんは張り切る。

　海水浴場に転がっている石は色とりどりで、翡翠には見えないけれど気になる石は幾つかあった。僕は、太陽の光を帯びて輝いた何かを拾い上げる。

「これ、何の石ですかね？」

　律さんと楠田さんは、僕が手にした石をまじまじと見つめる。細かい傷がついて曇って見えるものの、元は鮮やかなブルーであったことが窺い知れるものだった。太陽の方へ掲げると、うっすらと光が透けて美しい。

「シーグラスだね！」

　楠田さんは顔を綻ばせる。僕がキョトンとしていると、律さんが付け加えた。

「漂流物の一種だよ。割れたガラスが波によって運ばれたものさ」

「それじゃあ、これは人工物ってことですか？」

「そう。元は瓶か何かだったんじゃないかな」

　シーグラスは長旅をして来たのか、角は他の石と同じように丸みを帯びていて、すっかり自然の物に馴染《なじ》んでいた。

「そっか、人工物か……。でも、綺麗ですね」

「うん。綺麗なんだよね」と律さんは同意してくれた。

「ビーチコーミングでシーグラスを集める人もいるくらいだしね。ハンドメイドに使う人もいるし、人気の漂流物だよ」

　楠田さんの言葉を受けて、シーグラスは誇らしげに輝いたように見えた。

「思い出として取っておくには、いいかもしれませんね」

　僕は、石を入れるためのビニール袋の中にシーグラスを入れる。

「でも、折角だから自然の鉱物を採りたいというか……」

「分かる」と律さんが同意する。

「特に、樹君は初の採取品になるわけだしね。どーんと大物を採りたいよね」

「まあ、鉱物も岩石も豊富だから、きっと何かしらは採れるよ。お気に入りの子、見つかると良いね」

　楠田さんは僕を励ましてくれる。

「因みに、どうして鉱物や岩石が豊富なんですか？」

「それは、フォッサマグナのせいかな」と律さんが意味深に笑った。

「日本を地質構造的に東西に分断するやつでしたっけ。ミュージアムの名前にもなってましたけど、もう少し詳しく知りたいなぁと思って」

僕の質問に、律さんと楠田さんは嬉しそうに頷いた。

フォッサマグナとは、糸魚川から静岡にかけて、日本を東西に分断する断層なのだという。そこには、深さ六千メートルの溝が存在しているそうだ。今は、その溝を新しい岩石が覆っているため、一見しただけでは分からないのだという。

「どうしてそんな溝が……。日本列島が割れたんですか……？」

「その逆さ。違うプレート同士がぶつかって、日本列島が出来たんだ」と律さんは教えてくれた。

海の底では、常にプレートが動いているのだという。日本とハワイの距離が少しずつ近づいているという話を聞いたことがあるけれど、プレートの動きのことを言っていたのだろう。

「東日本は北アメリカプレートに乗っかり、西日本はユーラシアプレートに乗っかってるんだ。日本列島は、もとは一つではなかったということだね」

「東日本と西日本に、そんな秘密があったんですね。文化の違いもそこから生まれたんでしょうか？」

「どうだろうね。無関係とはいえないかも。土が違うと、育つものも違うかもしれないし」

律さんは真剣に考え込む。

「この辺の山々も、プレート同士がぶつかり合ったから出来たんですかね」

僕は、親不知に立ちはだかる山々と、遠くに見える山脈《やまなみ》を眺める。

「恐らくね。プレート同士がぶつかり、せめぎ合い、隆起したんだと思う。そういう複雑な経歴を持っているからこそ、色んな石が採れるわけだね」

「見つけた石が何処から来たのかが分かると、もっと楽しそうですね。上流の方って言っても、色々な場所があるわけですし」

「おっ、樹君はかなりマニアックな石好きになりつつあるね」

「えっ、そうですか？」

律さんに小突かれて、僕は目を丸くする。

「まあ、鉱物好きって一言で言っても、色々だしね。興味のベクトルが、インテリアだったりハンドメイドだったりもするし。どれが良いとか悪いとかはないけれど、学術的に好きになるのは、僕個人としてはすごく良いと思う」

律さんは、すごく良い、と繰り返した。僕が照れ笑いを浮かべていると、こちらを見つめていた楠田さんと視線が合う。

楠田さんは、微笑ましそうでいて、眩《まぶ》しそうにこちらを見つめていた。母親や姉のような温かい眼差《まなざ》しに、胸の奥があたたかくなり、頬が熱くなるのを感じる。

「お、面白そうな石を拾ったら、二人に見せるので」

僕はそう言って、二人から少し離れたところへと向かう。

「うん、そうしてよ。どんな石が採れるか、楽しみだなぁ」と律さんはのんびり言う。

「面白い石、いっぱい見つけようね」と楠田さんも言ってくれた。

模様が面白い石はあるかな、と思いながら足元に視線を落とす。ゴロゴロ転がっている石を掻《か》き分けてみると、うずらの卵ほどの大きさの石を見つけた。縞《しま》模様も綺麗で可愛らしいなと思った。

「これ、姫川薬石かな。あとで楠田さんに見せようっと……」

ハンカチに丁寧に包み、ポケットの中に入れる。ビニール袋に入れると、他の石と交じってしまいそうだったから。

翡翠のイメージは緑だったけれど、実際は白が多く、黒やラベンダー色もあるのだという。逆に、緑っぽい石は、きつね石だったり軟玉《なんぎょく》だったり、不純物を含んだ石英だったりすることもあるのだという。感触で翡翠か否かを判別出来るというけれど、滑らかであり指に吸いつくようであるというのは想像し難い。

律さんや楠田さんに教えて貰ったことを反芻《はんすう》しつつ、目についた石を拾い上げては首を傾げる。ついつい緑っぽい石を拾ってしまうけれど、先ほど、律さんが拾った石によく似ていて、僕はつい、石を元の場所に戻してしまった。

「うーん。思ったよりそれっぽい石が多いし、そうじゃなさそうな石も多いな」

黒や白、赤や緑の石が果てしなく敷き詰められている。海岸にいる人達の大半は、自分と同じようにしゃがみ込んで、石を手にしたり真剣に見つめたりしていた。

律さんと楠田さんはともかく、自分は素人の中でも特に素人だ。ここで翡翠を探している人達は、ライバルというよりもみんなそれ以上である。

そう考えると、どうも気後れしてしまった。

「何が正解ってこともないし、気負い過ぎてはいけないんだろうけど」

——自分が惹かれるものには、どんどん踏み込んだ方が良いよ。踏み込んでみないと分からないこともあるしね。どうか、頑張って。

楠田さんの言葉が、頭の中に響く。

「……うん」

そっと両目を閉ざし、色とりどりだった視界を闇で覆う。すると、自然と心が落ち着いて行くのを感じた。

僕達の頭上の青空のように、そして、目の前に広がる海のように心が澄み渡っていく。静かに打ち寄せる波の音と共に、石がカラコロと転がる音がする。それは、まるで僕を呼ぶ声のように聞こえた。

――おいで。

波と石の音に混じって、そんな声がハッキリと聞こえる。驚いて目を見開くが、律さんも楠田さんも、僕と視線が合うなり、きょとんとしていた。その周りの人達も、翡翠を真剣に探していたり、波打ち際で遊んでいたりしている。

「誰……？」

波の音に混じって、声がする。おいで、と僕をしきりに呼んでいる。

海風が運んで来るこの声は、少し離れた波打ち際からだった。そこで、誰かが手招きをしているように見えた。

「あれは、もしかして……！」

僕は思わず、駆け出していた。

「えっ、ちょっと！」

「樹君！」

律さんと楠田さんの声が遠くなる。気付いた時には、吸い寄せられるように石へと手を伸ばしていた。

打ち寄せる波が膝を覆い、長靴に海水が入って重くなる。海水は思いのほかひんやりしていて、気持ちが良かった。

澄んだ水面《みなも》から、ふんわりとした紫の石が見える。それに触れた瞬間、僕は引きずり込まれるような感覚に陥ったのであった。


左右は、切り立った崖だった。

ごつごつとした岩肌と、所々に生い茂る緑を眺めながら、僕は手を引かれるように落ちていく。

どぼんという音と共に、僕の身体は水の中に沈んだ。澄んだ水はどうどうと流れ、身体がもみくちゃにされそうだったけれど、不思議と痛みは感じず、呼吸も苦しくなかった。

手足を動かして何とかもがきながら浮上すると、僕は川の流れに乗っているのだということに気付いた。

辺りには巨石がごろごろと転がっている。黒い石や白い石が並ぶ中、糸魚川の駅で見かけたような石もあった。あの中の幾つかは、翡翠なのかもしれないと直感的に悟った。

——そうだよ。

すぐそばで、声がしたような気がした。だけど、人影はなかった。ただ指先に、ひんやりとして硬く、滑らかでもある独特の感触だけがあった。

「君は、誰？」

僕の問いに、声は答えなかった。

「ここはどこ？」

――ヒスイ峡。

その答えに、やっぱりと思った。僕はまた、石の幻想の中にいるのだ。

辺りに佇む巨石は、川を下るにつれて少なくなる。やがて、水の流れも徐々にゆったりになり、川幅も広がっていった。

僕と一緒に、色々な石が川の流れに運ばれる。白っぽい石が多いけれど、それが翡翠なのかそうでないのか、僕には分からなかった。彼らは川底の石達とぶつかり、カラコロと音を立てていた。

それが、何だか彼らの笑い声のようで、僕も自然と笑みがこぼれる。

川幅がだいぶ広くなり、辺りに砂利が交じるようになる頃には、風が潮の香りを運んで来てくれた。

「海だ。君達は、こうやって旅をしているんだね」

川の流れに身を任せて転がる石達に声を掛けると、カラコロと返事をするような音を立ててくれた。

「流れに身を任せて、仲間と旅をするのも楽しそうだね」

何も考えずに、ただ流されるままに旅をするのは、気軽だと思う。そんな風に生きられたら、苦しむこともないかもしれない。

「でも、僕はちょっと、脇道にそれてみたいかな」

自分達が流されてきた上流や、散歩をしたり石を探したりしている人がいる岸辺の方を見やる。ヒスイ峡をもう少しゆっくりと見物したかったし、石を探している人がどんな石を狙っているのかも気になる。

流れから飛び出して、自分が気になるところにも行きたい。それが、もう二度と流れに乗れなかったり、自分の身を削ることになったりしようとも。

――いいと思うよ。

声が背中を押してくれる。

――自然が生み出したものは、自由だ。そして、君達も自然が生み出したものだから、自由に生きていいんだ。意思があって、動く身体があるのなら、思うように進んでみるといい。

「僕達も、自然の産物……」

声は背中を押してくれるけど、川の流れに逆らうのは難しかった。もがいているうちに海へと放り出され、沖へと流されそうになる。

「だめだ。僕はまだ、陸で見たいものが沢山あるのに」

何とか両手で水を掻き、陸地へ向かおうとする。すると、穏やかな波が追い風のように打ち寄せた。

僕は、陸地へ向かって両手を伸ばす。その瞬間、光が僕を包んだ。


「ぷはぁ！」

僕の両腕は物凄い力で持ち上げられ、視界が一気に明るくなった。

「樹君、大丈夫⁉」

目の前には、真っ青な顔をした律さんと、泣きそうな楠田さんがいた。僕は、「大丈夫です」と答えようとしたものの、二、三度咳《せ》き込んでしまった。

「あー、無事でよかった。海の中に入った時は、何があったのかと……」

楠田さんは、僕の腕をしっかりと摑みながら涙ぐむ。

「ご、ごめんなさい……」

どうやら僕は、波打ち際に向かった際、打ち寄せた波にひきずり込まれてしまったらしい。二人に手を引かれて海岸に上がったものの、頭からつま先までずぶ濡れだった。

「着替え、ピアパークに売ってるといいんだけど」

律さんは、僕の上着を脱がせながらそう言った。

「こ、今度は自分で探しますので……。万が一無くても、天気もいいですし、乾きますよ」

空は快晴だし、初夏の陽気が心地よい。冷えて風邪《かぜ》をひくのは避けられそうな気がする。

「樹君、右手に何を持ってるの？」

楠田さんは、僕の右手を見つめる。僕は、先ほどから何かをぎゅっと握りしめているのを自覚し、恐る恐る右手を開いてみた。

「あっ……」

僕達の声が重なる。

そこにあったのは、紫色を帯びた白い石だった。

滑らかで、ひんやりしていて、手のひらに吸いつくような、不思議な感触だ。今まで触った、どの石とも違うと感じた。

「これってもしかして、翡翠じゃない？」

律さんは目を丸くする。

「それも、ラベンダー色の……。すごいじゃない……！」

楠田さんが息を呑む。

「そ、そうなんですか？」

「それが本当に翡翠なら、すごく珍しいと思うよ」

律さんは、目をまん丸くしたままそう言った。

「でも、貴重な石よりも、命の方が大事だからね。ちゃんとした準備もなく、いきなり海に入るのはナシ！」

「き、肝に銘じます……」

両手をクロスさせて禁止を強調する律さんに、僕は思わず縮こまる。そんな様子を見た楠田さんは、ようやく微笑んだ。

「なんにせよ、無事でよかった。さっ、着替えを探そうか」

楠田さんに先導され、僕達はピアパークへと向かう。

海の方を振り返ったけれど、もう、あの声は聞こえなかった。

ピアパークでランチを済ませた後、僕達はフォッサマグナミュージアムに向かった。

それは、糸魚川駅から車で少し行ったところにあり、巨石で出来た噴水が僕達を迎えてくれた。

「これは、ひすい輝石ですね」

学芸員さんが、僕の採った石を見てそう言った。その瞬間、律さんと楠田さんが「やった！」と声をあげる。

学芸員さんは、鉱物名と解説が書かれたラベルを添えて、翡翠を返してくれた。

「これほどの翡翠を見つけるなんてすごいね。見る目があるのか、運が良かったのか、それとも、――石に呼ばれたのか」

学芸員さんにそう言われ、律さんと楠田さんは、「そうなの？」と問わんばかりに僕に注目する。僕は、「そうかもしれません……」と曖昧に答えた。

僕が拾った他の翡翠っぽい石は、石英やきつね石だったけど、思い出の石として取っておくことにした。いつか、整理をしなくてはいけなくなっても大丈夫。産地を記しておけば、戻しに来ることだって出来るだろう。

一通りの鑑定を終えた僕達は、フォッサマグナミュージアムの中を見学する。様々な色の美しい翡翠は勿論、翡翠以外の石も沢山展示されていた。中には、フォッサマグナを詳しく解説してくれている展示もあった。

「もしかして、石精の声を聞いたのかな？」

律さんは僕に問う。

「恐らく。この翡翠の海に運ばれてきた軌跡と思しき幻想も、見せて貰いましたし」

翡翠を手の中に握りしめながら、僕は答える。

片手にすっぽりと収まるほどの翡翠は、あまりにも握り心地が良く、安心感があった。昔の人がお守りにしたくなった気持ちが、よく分かる。

「でも、僕には聞こえなかったなぁ」と律さんは残念そうだ。

「樹君に見つけて欲しかったのかもね」と楠田さんは言った。

「そう、なんでしょうか」

「私は石精の声が聞こえないから、想像でしかないけど。その翡翠も、これからも樹君に自分が好きな道を歩んで欲しかったから、激励したかったのかもしれないね」

僕は改めて、ラベンダー色の翡翠を見つめる。上品な紫色の翡翠は、僕の手のひらの中でこちらを見つめているようだった。

「国石に激励して貰えるなんて、何だか頼もしいですね」

僕が微笑むと、二人もまた、微笑み返してくれた。

「あ、そうだ。これ……」

僕はハンカチに包んだ、小さな石を取り出した。親不知海岸で見つけた、うずらの卵のような石だ。

「楠田さんにって思って。あの、もし、気に入れば……」

おずおずと、楠田さんに石を手渡す。拾った石を他人にプレゼントするなんて初めてで、どんな顔をして渡したらいいのか分からなかった。

反応を見るのも、ちょっと怖い。内心でびくびくしながら楠田さんのことを見ていたけれど、楠田さんは石を受け取るなり、ぱっと目を輝かせた。

「石英斑岩タイプの姫川薬石だ！　すごく良い大きさだね！」

「あ、よかった。その石、薬石で良かったんですね」

「ビンゴだよ、ビンゴ！　模様も素敵だね」

楠田さんは、本当に嬉しそうだった。その笑顔だけで、心が満たされてしまいそうだ。

「有り難う、樹君。この子、大切にするね」

「喜んで貰えて、良かったです」

「あと、出来ればその……」

楠田さんは少しばかり言い辛そうに続ける。僕は、大きな欠けや罅《ひび》でも見逃したかな、と不安になった。しかし、続く言葉は意外なものだった。

「お守りとして持ち歩きたいから、加工してもいいかな。糸魚川駅の中に、石を加工してくれる場所があるからさ」

「えっ、勿論！」

「思い出の品ってことだね。いいねぇ。樹君も、加工して貰ったら？」

ニコニコしながら様子を見ていた律さんは、僕の翡翠に視線を落とす。

翡翠の表面は、光を受けてきらりと輝く。まるでそれは、僕に「いいよ」と言ってくれているようだった。

「そうですね。それも、いいかも……」

思い出が詰まった石は、それだけで特別な石だ。自然がくれるありのままの世界は素敵だけど、人はそれに付加価値をつけることが出来る。

それをお守りとして持ち歩くために加工するというのも、今の僕には理にかなっているように思えた。

昔の人も、翡翠に色々な想《おも》いを込めて装飾品としたのだろう。奴奈川姫の翡翠もまた、数多《あまた》の想いや願いが詰まっているのかもしれない。

そんなことを考えながら、ミュージアムに展示されている色とりどりの翡翠を眺めていたのであった。

［エッセイ］

蒼月海里のミュンヘンひとり旅

Essay
Kairi Aotsuki's
solo trip
to München

空港にて

飛行機より

そうだミュンヘン、行こう。

そう思い立ったのは、初夏の陽気が感じられるようになった頃だった気がします。

私は、お小遣いを貯《た》めて初めて買った本が恐竜の図鑑だったというレベルで、幼い頃から地球科学に傾倒していました。そのためか、深海生物や古生物をテーマにした作品を書いていて、この度は、鉱物をテーマにした小説『水晶庭園の少年たち』を出版させて頂く運びとなったのです。

ここ数年間、私は鉱物に夢中でした。特に、あの美しい姿が形成される過程を想像するのが楽しくてしょうがないのです。

私は、鉱物を得るために、全国各地で開催されるミネラルショーなるものに参加していました。しかし、様々な鉱物を追いかけているうちに、国内では入手が困難な石に行き当たってしまったのです。

切っ掛けは、二〇一七年に開催されたミュンヘンミネラルショーの写真でした。

そこに写っていた石に魅了され、是非入手したいと国内を探してみたものの、目撃した数は片手で数えるほどしかなく、しかも、いずれも非常に高価でした。挙句の果てに、海外のネットショップに手を出すものの、良いものはことごとく売り切れで、新しい商品も追加されないという次第。どうやら新産が無く、ストック品のみを動かしているらしいという話も耳にしました。

これはもう、日本国内で安穏と探している場合ではありません。

私は、世界最大規模のミュンヘンミネラルショーに行き、そもそもの切っ掛けであるお店を訪ねようと決意しました。

知り合いの業者さんにご助力を頂きつつ、連載していた『水晶庭園の少年たち』の原稿料をユーロに換えて、いざミュンヘンへと。

しかし、そこには大きな問題がありました。

私は、英語がさっぱり出来ないのです。勿論《もちろん》、ドイツ語なんて全く分かりません。

その上、海外にも行ったことがないという始末。

事前に同好の士を誘うものの、流石《さすが》にそこまで行く熱意は無いとか、有休が取れないと断られてしまいました。

ええい、それなら一人で行ってやる、と私は単独でドイツに行くことに。

パスポートを入手し、海外保険に加入し、独英日会話帳を購入し、ドイツで便利なアプリをスマホに入れ、予約出来る交通機関は事前に予約をし、空港の様子や電車の乗り方を解説している動画をYouTubeで漁《あさ》って予習をして、万全の態勢で羽田空港へと。

日本から飛行機でミュンヘンへ向かうには、地平線の向こうに沈もうとする太陽をひたすら追いかけることになります。

なので、いつまでも沈まない太陽を眺めながら空の旅が出来るのかとワクワクしていたのですが、機内食の時間が過ぎると勝手に機内が暗転するというご配慮が。窓も暗くなり、外が見えなくなってしまった私は、泣く泣くブランケットを被《かぶ》って眠ったのでした。

そして、羽田から飛び立って約十二時間後、無事にミュンヘン空港に到着し、入国審査へ。

前に並んでいた人は特に質問されずに通過しているし、自分も問題無いだろうと思ったその矢先に、入国審査官から英語で質問が。どうやら、何をしにドイツに来たのかを聞いている様子。

私は、観光のためだと答えたいけれど、『観光』という単語が分からない！

翻訳アプリをもたもたと起動させていると、日本人の航空スタッフがやって来たので、その方々に通訳をして貰《もら》い、何とか入国完了。何日滞在するのかとか、後ろの人は同行者かとか、色々聞かれてしまったのですが、まさかこれは、私がいかにも頼りない外見だから、心配されてしまったのでは……。

ここはドイツ。大柄で成熟した外見の方々の住まう土地。ここでは小柄で童顔なアジア人である私は、『学生さん』と勘違いされているのでは……⁉

空港から市街地まで約四十五分。果たして私は、ドイツの人々を心配させず、無事にホテルまで辿《たど》り着けるのでしょうか。


ミュンヘン市街地まで行くリムジンバスを予約していたので、得意顔でＱＲコードつきの予約券を渡したのですが、「これはうちのじゃないよ」と英語で言われて、パニックに。どうやら航空券を渡してしまったらしく、「本当だ⁉」と日本語で悲鳴をあげながら必死でバスの予約券を探す私。

「大丈夫」「問題無いから」「ゆっくり探して」的なことを英語でやんわりと言ってくれるバスの運転手さん。早速、現地人の優しさに涙しそうになりました……。

その後、何とか無事にホテルに到着。

ボーイさんなどはいない小ぢんまりとしたホテルでしたが、部屋の中は可愛《かわい》らしい装飾が満載で、まるで、メルヘンの世界にいるよう。

そんな中、ルートヴィヒ二世の肖像画を発見。あの、シンデレラ城のモデルになったと言われるノイシュバンシュタイン城を建設した王様です。

ミュンヘンはバイエルン州なので、かつては彼の領地でした。生前は色々あったものの、今は地元の人に愛されていると聞いたのですが、まさかこんなところでお会い出来るとは。

その後、エアコンが存在せずオイルヒーターで暖を取っていることに驚いたり、便座が石のように硬くて冷たいことに涙したりしましたが、時差ボケをさほど感じることなく、翌朝は元気にプレッツェルを食べておりました。

そして、いざミュンヘンミネラルショー。

やたら便利な地下鉄に揺られて約三十分。会場である巨大な展示ホールに到着しました。日本で言うと、東京ビッグサイトや幕張メッセのような場所です。

そんな会場に入ると、日本のショーとは全く違うと瞬時に悟りました。

まず、規模が明らかに違う。並んでいる品々も違う。日本では見ることが出来ないほど珍しい鉱物やクオリティが高い鉱物が、あちらこちらで飾られていました。

しかし、それらをつぶさに見ている余裕は、その時の私にありませんでした。私には、目的のお店があったのです。

私が探している石は、『リディコート電気石』。トルマリンの一種です。

しかも、結晶ではなくスライス。これはジュエリー業界でも取り扱われていますが、私が欲しているのは、装飾向けの石ではなく、内部構造が分かる断面図的な標本です。

しばらく歩いていると、ありました。一年前に写真で見たまんまのお店（ブース）が。スペースに所狭しと、ビビッドでサイケデリックな模様のトルマリンスライスをずらりと並べ、背面からライトを当ててディスプレイしているのです。

その様子は、まるで前衛的なアーティストのギャラリーでした。虹色の魅惑的な幾何学模様が描かれた石が、あっという間に私を魅了しました。

私が、興奮しながらも拙《つたな》い英語で「写真を撮って良いですか」と尋ねると、店主さんは快諾してくれました。しかし、私が撮った写真はほんの少しでした。

何故《なぜ》なら、一秒でも長く現物を見たかったからです。

日本のみならず、海外のネットショップですら選択の余地が無いほど品薄だったリディコート電気石のスライスが、今、目の前には浴びるようにある。興奮しないわけがありません。

その中で、私の目を捕えて放さなかったのは、スライスセットでした。

特にマダガスカル産のリディコート電気石はマルチカラーのものが多く、何枚かを輪切りにすると模様が全て異なるというものも存在しています。そして、その模様を手掛かりに、成長過程を想像することが出来るのです。

そのスライスセットの中に、私はトップ（結晶の先端）が付いているものを見つけてしまいました。トルマリンのスライスセットは通常であれば、トップは付いていないのです。それは恐らく、スライスの材料になったトルマリンに、元から明瞭なトップが存在していなかったからなのでしょう。しかし、目の前のトルマリンは、奇跡的にトップが残っていたのです。

私に迷いはありませんでした。

すぐさま、店主さんにその標本を購入する旨を伝えました。開場直後の買い物だったためか、店主さん達は歓声をあげてくれました。

ユーロを渡そうとする私の手は、震えていました。一年越しの悲願が、ようやく叶《かな》ったのです。

初めての海外で、しかもヨーロッパということで紆余曲折《うよきよくせつ》ありましたが、思い切って日本を飛び出して良かったと心底思ったのでした。

ミュンヘンミネラルショーの会場は、世界中の鉱山が寄り集まっているかのようでした。

アルプス山脈の谷間で煙水晶《スモーキークオーツ》を採集して来た人や、シチリア島から青い蛍石《フローライト》を見つけて来た人などもブースを出していて、地図を拡《ひろ》げて採集場所を教えてくれたりとか、現地の写真を見せてくれたりもしました。

博物館に飾られるような、大きくて美しくて立派な石もありましたし、私が全く知らない石も沢山ありました。

日本には、そのうちのほんのわずかな石しか輸入されません。

やはり、鉱物業者さんも商売なので、需要の少ない石を仕入れることは出来ないのです。

私はその、ふるいに掛けられる前の石達を目にして、世の中には、自分が思った以上に美しかったり、面白かったりする鉱物が溢《あふ》れているのだなと感心しました。

では、日本だとミュンヘンで支持されるような立派な鉱物は出ないのでしょうか？

いいえ。企画展示に並ぶ博物館クラスの鉱物の中に、市之川《いちのかわ》鉱山の輝安鉱《きあんこう》が展示されておりました。

市之川鉱山とは、主にアンチモンを採掘していた国内最大級の輝安鉱鉱山でした。この鉱山は既に閉山されておりますが、ここの輝安鉱はとても美しく、日本が世界に誇る石の一つとなっております。

展示されていた輝安鉱にはドイツ語のラベルが添えられていて、会場に相応《ふさわ》しいドレスに身を包み、凜《りん》とした面持ちで私達を迎えてくれているように見えました。

日本の石が、遠いヨーロッパの地に彩りを添えているのに感動しつつ、ギリシャやコロンビアや、南アフリカから来た鉱物達を眺め、世界にはこれだけの鉱物が眠っていて、まだまだ発見されていない鉱物が沢山あるのだろうなと心を躍らせておりました。

そう。ミュンヘンミネラルショーの会場にある石すら、偶々《たまたま》人間に発見され、持って帰られたというごく一部の石なのです。

発見されずに眠っている石や、今、正に成長している石もあるかもしれません。

そんな未知なる石達に出会うには、最早《もはや》、自ら採掘に行くしかないのかもしれません。

鉱物採集の経験は無く、糸魚川でビーチコーミングをしたことくらいしか無いのですが、海外に出たことが無いし外国語が出来ないのに、目的を果たして無事に帰って来られたのだから、何とかなるかもしれません。

問題は、日本の鉱山はほぼ閉山していたり、鉱物が発見出来る産地は、採集の許可がなかなか取れなかったりすることでしょうか。

というわけで、更なる未知との遭遇とときめきを求めて邁進《まいしん》したいので、採掘が出来るというお話があれば、編集部を通じてお声かけ頂けますと幸いです。

蒼月海里

マリエン広場にて

ミュンヘンミネラルショーの様子

特別展示:日本産 輝安鉱

アルプスの煙水晶

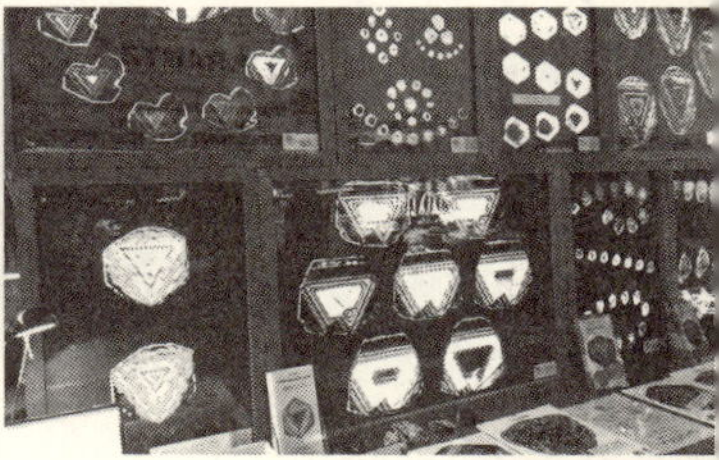

リディコート電気石:切断後

特別展示:巨大なモルガマリン

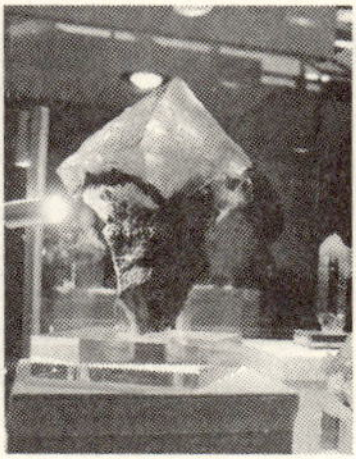

アルプスの蛍石

ユニークな形のクリソコラ

解説

鉱物アソビ・フジイキョウコ

本作『水晶庭園の少年たち　翡翠《ひすい》の海』は、前作『水晶庭園の少年たち』の続編にあたり、亡くなった祖父が遺《のこ》した鉱物コレクションをきっかけに鉱物の魅力に惹《ひ》かれはじめた少年・樹《いつき》が、日本式双晶《そうしょう》の石精《いしせい》・雫《しずく》と共に、鉱物世界の深淵《しんえん》に触れていく物語。石精＝鉱物標本に宿る石の精霊といっても、パワーストーンのようなスピリチュアルな意味合いではなく、主人公・樹が石精＝鉱物そのものとの友情を深めつつ、鉱物世界を巡る冒険譚《ぼうけんたん》というのが、鉱物愛好家にとって何ともそそられてしまう。

鉱物愛好家にとって、自身のコレクションのなかでも特にお気に入りのとっておき標本が必ずあるものだけれど、その標本にも石精がいて直接言葉を交わし交流を深めていけたら……という夢を思わずみてしまう物語なのだ。

そもそも、石と友情や親愛の情との関係性は、古くからあったという。中世ヨーロッパでは友情の証《あかし》に石（主にガーネットという説あり）を贈るという風習があったというし、鉱物というより宝石の話にはなるが十九世紀の上流階級で大流行したリガードジュエリー（REGARD とはルビー、エメラルド、ガーネット、アメシスト、ダイヤモンドの宝石の頭文字を指し、これらの宝石を組み合わせ、好意、敬愛、愛情のメッセージを託した）もその一環だろう。現代でも仲良くなった鉱物愛好家同士（石友《いしとも》）で標本を交換しあうとは、よく聞く話だ。

命限りある人間の性《さが》として、遥《はる》かなる時をかけて形創られた結晶＝「石」に、永遠に続く絆《きずな》への願いを込めずにはいられないのかもしれない。

今回、物語の鍵となるのは、蛍石《ほたるいし》、桜石《さくらいし》、翡翠。前作『水晶庭園の少年たち』で描かれた瑪瑙《めのう》、砂漠の薔薇《デザートローズ》、水晶、ハーキマー・ダイヤモンドなどと共にポピュラーで、鉱物に興味をもったら一度は辿《たど》っていくであろう鉱物たち。

蒼月《あおつき》作品では鉱物の特徴が実に具体的に描写されているので、鉱物好きであればあるほど、その鉱物種ならではの美しい世界観や情景がありありと思い浮かべられ、たちまち煌《きら》めく鉱物世界へとトリップしてしまう。

僕は、いつの間にかエメラルドグリーンの迷宮の中に誘《いざな》われていた。（中略）

上も下も、右も左も深い緑で彩られていた。橄欖石《かんらんせき》の石精に誘われたマントルの幻想で見た、オリーブグリーンのペリドットの色とはまた違った、エメラルドにも似た濃い緑だ。

でも、これはエメラルドの輝きではない。少しばかり柔らかく優しい光が、僕達を包んでいた。

「これは、蛍石……？」

ミントさんは呟《つぶや》く。この、目が覚めるほどに美しい緑は、ロジャリー鉱山の蛍石の色とよく似ていた。


そして、鉱物世界の美しさだけでなく、その鉱物種ならではの鉱物学的背景や有名産地などの知識もさりげなく物語に沿って語られているのが、『水晶庭園の少年たち』の世界を、よりリアルな現実の鉱物物語たらしめている。鉱物愛好家にとっては「そうそう」と思わず相槌《あいづち》を打ちながら、かつて自身が同じように見聞きした経験を重ねるだろうし、鉱物趣味初心者にとっては、主人公・樹と一緒になって物語背景とあわせ、具体的に理解が深まっていく楽しさがある。それはある意味、鉱物について難しい鉱物図鑑でやみくもに知識を身につけようとするより、ずっと実感として腑《ふ》に落ちるに違いない。

さらに、樹と雫の鉱物世界冒険譚を身近に感じさせてくれるのが、登場人物たちそれぞれの鉱物の愉《たの》しみ方だ。第一話「蛍石の愁《うれ》い」では、鉱物コレクションを撮影してはＳＮＳに随時アップしたりフリマアプリで標本を売買する、若い女の子達の〝今の気分〟が描かれ、第三話「翡翠の海」では、日本の国石にも選ばれた翡翠を糸魚川《いといがわ》へ探しに行く、〝鉱物趣味の王道〟ともいえる鉱物採集の様子が描かれている。

日本で鉱物趣味が一般化していった始まりは、一九八八年に日本初のミネラルショー・東京国際ミネラルフェアが開催されたのがキッカケで、我が国の鉱物趣味の歴史はまだまだ浅い。しかし、今やミネラルショーも日本各地で開催されるようになり、鉱物と出会える場も専門的な標本店から鉱物コレクター主催の個人イベントまで実に多彩に広がった。なにより鉱物趣味が認知されるようになったのには、インターネットの普及が外せない。未《いま》だ日本ではとてもお目にかかれないような奇跡的な美晶＝スーパーファインミネラルも、ネットで見放題だし、資金力さえあればワンクリックで博物館級の標本だって簡単に買えてしまう時代だ。「水晶庭園の少年たち」シリーズでは、鉱物の美しい魅力はもちろんのこと、こういった鉱物趣味の様々な愉しみ方や、それに興じる人の気持ちも反映されているのが、新しい鉱物物語に厚みを持たせているように思う。

個人的な話ではあるが、私自身、鉱物趣味が高じて、毎年海外の鉱物スポットへまで旅するようになって早十年近い。鉱物を通しての比較文化というか、鉱物博物館ひとつとってもコレクションの規模やディスプレイの仕方など各国の歴史やセンスが反映されているのを肌で知ることが、何よりの刺激となっている。ただ博物館級のスーパーファインミネラルを数知れず直接目にしてきても、個人的な鉱物の好みは一貫して、ささやかな美しさ。目が肥えてきても、八面体に劈開《へきかい》した蛍石は、十代で初めて手にした時と変わらず今でも心ときめかせてくれるし、ミネラルショーなどで鉱物を購入する際には、鉱物的価値や希少性など関係なく、なぜか目が離せず惹かれてやまない〝自分のためだけの〟鉱物を見つける悦《よろこ》びとなっている。

「どんな鉱物を買えばいいですか？」

主催する鉱物イベントでよく尋ねられる質問だけれど、どの鉱物を好み、どの標本を良しとするかは人それぞれで正解はない。だからこそ、鉱物と向き合うとき大切なのは、所有欲というより「なぜか目が離せず惹かれてやまない」という気持ちの強さだと信じている。何にも代えがたい宝物となった鉱物標本の来歴を調べたり、光源を変えて鑑賞や撮影を愉しみ、部屋のどこにどのように見栄え良く飾ろうかと試行錯誤していくうちに、気持ちは益々《ますます》強くなり、標本との思い出が地層のように重なっていく。

ひょっとして、そこまで惹かれてしまった標本には、自分に縁がある石精がいたのだろうか。

不純物を抱え込みながらも、凜《りん》と美しく静かに佇《たたず》む鉱物。石といえば、その永遠性から強い存在として捉えられがちだけれど、それはあくまで一面に過ぎない。実際、鉱物標本を手にすれば実に繊細で、なかには手を触れることさえも躊躇《ためら》われるような儚《はかな》さを感じてしまうものもある。

宿る石精もきっと、いろんな複雑な想《おも》いを抱えていることだろう。この物語のもう一人の主人公である日本式双晶の石精・雫をはじめ、登場する石精たちはそれぞれに悩みや、揺れる想いを抱えている。そして、日々を生きていくなかで、どうしても人は負となる不純物を抱えてしまうものだけれど、それでもいいんだと教えてくれているのが、この『水晶庭園の少年たち』なのだ。

お気に入りの鉱物標本を手元に置き、じっと愛《め》でるひととき。

「ここには、どんな石精が、どんな想いで寄り添ってくれているんだろう」

そんな空想世界に想いを巡らせ、鉱物世界の更なる深みにはまっていっていただきたい。

（こうぶつあそび・ふじいきょうこ　鉱物Ｂａｒ主催・鉱物コーディネーター）

本文デザイン／浜崎正隆（浜デ）

本書は、ｗｅｂ集英社文庫二〇一九年二月〜四月に連載されたものを加筆・修正したオリジナル文庫です。

蒼月海里の本

水晶庭園の少年たち

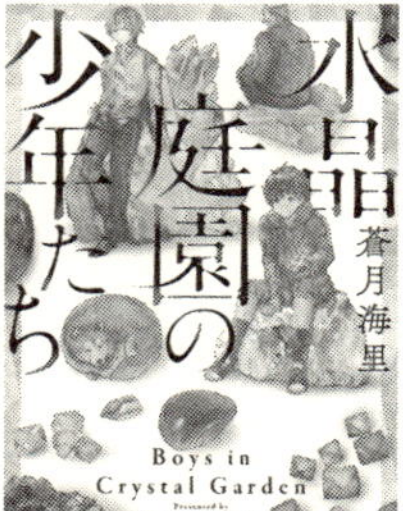

祖父が遺したハート形の水晶。その「石精」が、僕の前に現れて……。センシティブな青春ストーリー。鉱物の知識も基礎から学べる画期的なシリーズ開幕。

集英社文庫

集英社文庫　目録（日本文学）

相沢沙呼　雨の降る日は学校に行かない
青木　皐　ここがおかしい菌の常識
青木祐子　幸せ戦争
青木祐子　嘘つき女さくらちゃんの告白
青島幸男・訳　23分間の奇跡
青塚美穂　小説　スニッファー　嗅覚捜査官
青塚美穂／深谷かほる・原作　カンナさーん！　小説版
蒼月海里　水晶庭園の少年たち
蒼月海里　水晶庭園の少年たち　翡翠の海
青羽　悠　星に願いを、そして手を。
青柳碧人　家庭教師は知っている
青山七恵　めぐり糸
赤川次郎　駆け落ちは死体とともに
赤川次郎　毒ＰＯＩＳＯＮ
赤川次郎　払い戻した恋人
赤川次郎　あの角を曲がって
赤川次郎　湖畔のテラス
赤川次郎　ウェディングドレスはお待ちかね
赤川次郎　ベビーベッドはずる休み
赤川次郎　グリーンライン
赤川次郎　哀愁変奏曲
赤川次郎　スクールバスは渋滞中
赤川次郎　ホーム・スイートホーム
赤川次郎　午前0時の忘れもの
赤川次郎　プリンセスはご・入・学
赤川次郎　ネガティヴ
赤川次郎　回想電車
赤川次郎　影に恋して
赤川次郎　聖母《マドンナ》たちの殺意
赤川次郎　呪いの花園
赤川次郎　試写室25時
赤川次郎　秘密のひととき
赤川次郎　マドモアゼル、月光に消ゆ
赤川次郎　神隠し三人娘　怪異名所巡り
赤川次郎　その女《ひと》の名は魔女　怪異名所巡り2
赤川次郎　復讐はワイングラスに浮かぶ
赤川次郎　サラリーマンよ　悪意を抱け
赤川次郎　哀しみの終着駅　怪異名所巡り3
赤川次郎　吸血鬼はお年ごろ
赤川次郎　吸血鬼株式会社
赤川次郎　死が二人を分つまで
赤川次郎　吸血鬼よ故郷を見よ
赤川次郎　厄病神も神のうち　怪異名所巡り4
赤川次郎　吸血鬼のための狂騒曲
赤川次郎　砂のお城の王女たち
赤川次郎　吸血鬼は良き隣人
赤川次郎　駆け込み団地の黄昏
赤川次郎　吸血鬼が祈った日

集英社文庫　目録（日本文学）

赤川次郎　お手伝いさんはスーパースパイ！
赤川次郎　不思議の国の吸血鬼
赤川次郎　秘密への跳躍　怪異名所巡り5
赤川次郎　吸血鬼は泉のごとく
赤川次郎　吸血鬼と死の天使
赤川次郎　湖底から来た吸血鬼
赤川次郎　吸血鬼愛好会へようこそ
赤川次郎　恋する絵画　怪異名所巡り6
赤川次郎　青きドナウの吸血鬼
赤川次郎　吸血鬼と切り裂きジャック
赤川次郎　忘れじの吸血鬼
赤川次郎　暗黒街の吸血鬼
赤川次郎　とっておきの幽霊　怪異名所巡り7
赤川次郎　吸血鬼と怪猫殿
赤川次郎　吸血鬼は世紀末に翔《と》ぶ
赤川次郎　吸血鬼と死の花嫁

赤川次郎　吸血鬼はお見合日和《みあいびより》
赤川次郎　東京零年
赤川次郎　吸血鬼と栄光の椅子
赤塚祝子　無菌病室の人びと
赤塚不二夫　人生これでいいのだ!!
阿川佐和子／檀ふみ　ああ言えばこう食う
阿川佐和子／檀ふみ　ああ言えばこう嫁行く
秋本治・原作　小説こちら葛飾区亀有公園前派出所
秋元康　7秒の幸福論
秋元康　42個の恋愛論
秋元康　恋はあとからついてくる
秋山裕美／山口マオ　元気が出る50の言葉
芥川龍之介　地獄変
芥川龍之介　河(かっぱ)童
阿久悠　無名時代
朝井リョウ　桐島、部活やめるってよ

朝井リョウ　チア男子!!
朝井リョウ　少女は卒業しない
朝井リョウ　世界地図の下書き
朝倉かすみ　静かにしなさい、でないと
朝倉かすみ　幸福な日々があります
浅暮三文　百匹の踊る猫　刑事課・亜坂誠 事件ファイル001
浅暮三文　無敵犯　刑事課・亜坂誠 事件ファイル101
浅暮三文　困った死体
浅田次郎　鉄道員《ぽっぽや》
浅田次郎　プリズンホテル 1 夏
浅田次郎　プリズンホテル 2 秋
浅田次郎　プリズンホテル 3 冬
浅田次郎　プリズンホテル 4 春
浅田次郎　闇の花道　天切り松 闇がたり 第一巻
浅田次郎　残侠　天切り松 闇がたり 第二巻
浅田次郎　初湯千両　天切り松 闇がたり 第三巻

集英社文庫　目録（日本文学）

浅田次郎　活動寫眞の女
浅田次郎　王妃の館(上)(下)
浅田次郎　オー・マイ・ガアッ！
浅田次郎　サイマー！
浅田次郎　天切り松　闇がたり　第四巻　昭和俠盗伝
浅田次郎　ま、いっか。
浅田次郎　あやしうらめし　あな　かなし
浅田次郎　終わらざる夏(上)(中)(下)
浅田次郎・監修　天切り松読本　完全版
浅田次郎　椿山課長の七日間
浅田次郎　つばさよつばさ
浅田次郎　アイム・ファイン！
浅田次郎　天切り松　闇がたり　第五巻　ライムライト
浅田次郎　世の中それほど不公平じゃない　最初で最後の人生相談
阿佐田哲也　無芸大食大睡眠
芦原伸　へるん先生の汽車旅行　小泉八雲と不思議の国・日本

飛鳥井千砂　はるがいったら
飛鳥井千砂　サムシングブルー
飛鳥井千砂　海を見に行こう
安達千夏　あなたがほしい　je te veux
阿刀田高　私のギリシャ神話
阿刀田高　遠い迷宮　阿刀田高傑作短編集
阿刀田高　黒い回廊　阿刀田高傑作短編集
阿刀田高　白い魔術師　阿刀田高傑作短編集
阿刀田高　青い罠　阿刀田高傑作短編集
阿刀田高　甘い闇　阿刀田高傑作短編集
阿刀田高　影まつり
穴澤賢　またね、富士丸。
阿野冠　バタフライ
我孫子武丸　たけまる文庫　謎の巻
阿部暁子　室町繚乱　義満と世阿弥と吉野の姫君
安部龍太郎　海神《わだつみ》

安部龍太郎　生きて候(上)(下)
安部龍太郎　恋七夜
安部龍太郎　関ヶ原連判状(上)(下)
安部龍太郎　天馬、翔ける　源義経(上)(中)(下)
安部龍太郎　風の如く　水の如く
甘糟りり子　思春期ブス
天野純希　桃山ビート・トライブ
天野純希　青嵐の譜(上)(下)
天野純希　南海の翼　長宗我部元親正伝
天野純希　信長　暁の魔王
天野純希　剣風の結衣
飴村行　ジムグリ
綾辻行人　眼球綺譚
新井素子　チグリスとユーフラテス(上)(下)
新井友香　祝女
嵐山光三郎　日本詣で　ニッポンもうで

集英社文庫

水晶庭園《すいしょうていえん》の少年《しょうねん》たち　翡翠《ひすい》の海《うみ》

2019年5月25日　第1刷　　定価はカバーに表示してあります。

著　者　蒼月海里《あおつきかいり》
発行者　徳永　真
発行所　株式会社　集英社
東京都千代田区一ツ橋2-5-10　〒101-8050
電話　【編集部】03-3230-6095
【読者係】03-3230-6080
【販売部】03-3230-6393（書店専用）
印　刷　中央精版印刷株式会社　株式会社美松堂
製　本　中央精版印刷株式会社

フォーマットデザイン　アリヤマデザインストア　　マークデザイン　居山浩二

ISBN978-4-08-745882-4 C0193